KB036330

작은 미덕들

Le piccole virtú

by Natalia Ginzburg

휴세 에세이 004

작은 미덕들

LE PICCOLE VIRTÚ

나탈리아 긴츠부르그 | 이현경 옮김

차례

일러두기

1. 번역 대본으로는 Natalia Ginzburg, *Le piccole virtú*(Giulio Einaudi Editore, 2015)를 사용했다.
2. 주석은 모두 옮긴이 주다.
3. 본문 중 굵은 글씨는 원서에서 이탤릭체로 강조한 부분이다.

이 책에 수록된 에세이는 여러 신문과 잡지에 발표했던 글들이다. 책으로 출간할 수 있게 허락해준 신문사와 잡지사에 감사드린다.

이 글들은 다음과 같은 시기와 장소에서 집필했다.

〈아브루초에서의 겨울〉, 1944년 가을 로마에서 집필,《아레투사》에 발표

〈낡은 신발〉, 1945년 가을 로마에서 집필,《폴리테크니코》에 발표

〈친구의 초상〉, 1957년 로마에서 집필,《라디오코리에레》에 발표

〈영국에 대한 찬사와 유감〉, 1961년 봄 런던에서 집필,《일 몬도》에 발표

〈라 메종 볼페〉, 1960년 봄 런던에서 집필,《일 몬도》에

발표

〈그와 나〉, 1962년 여름 로마에서 집필, 현재 미발표

〈인간의 자식〉, 1946년 토리노에서 집필, 《루니타》에 발표

〈나의 일〉, 1949년 가을 토리노에서 집필, 《일 폰테》에
발표

〈침묵〉, 1951년 토리노에서 집필, 《쿨투라 에 레알타》에
발표

〈인간관계〉, 1953년 봄 로마에서 집필, 《테르차 제네라
치오네》에 발표

〈작은 미덕들〉, 1960년 봄 런던에서 집필, 《누오비 아르
고멘티》에 발표

글이 쓰인 시기에 따라 문체가 변하기 때문에 시기는
중요하고 의미가 있다. 나는 글을 쓰는 바로 그 순간이 아
니면 수정을 잘 하지 못해서 이 글 중 어떤 것도 거의 고
치지 않았다. 시간이 지나고 나니 이제 어떻게 수정해야
할지 알 수가 없다. 그래서 이 책에 실린 글들의 문체에는
통일성이 없는데 그 점에 대해 사과드린다.

이름을 밝힐 수 없는 한 친구에게 이 책을 바친다. 그는
이 책의 어디에도 등장하지 않지만 여러 주제에서 나와
비밀스럽게 이야기를 나누었다. 친구와 대화를 하지 않았

다면 대부분의 글을 쓰지 않았을 것이다. 그는 내가 생각했던 것들이 정당하며 자유롭게 표현해도 된다고 공감해주었다.

　친구에 대한 애정을, 진정한 우정이 모두 그렇듯이 불꽃 튀는 의견 충돌의 길을 거쳐온 진실하고 위대한 우정을 여기에 기록한다.

1962년 10월, 로마

1962년에 출간된 책의 서문에 새롭게 보탤 말이 많지 않다.

〈아브루초에서의 겨울〉과 관련해서 "이것이 유형 생활이라고 생각했다"라는 문장에 설명이 필요하다. 우리는 아브루초에 억류되어 있었다. 더 정확히 말하자면 '일반 시민으로서 전시에 유형 생활'을 하는 중이었다. 아브루초는 아퀼라●시와 가깝다. 아마 이 때문에 우리 집 방 천장에 독수리가 그려져 있었을 것이다. 우리는 아브루초에서 3년을 살았다. 지금 아브루초는 그때와는 많이 달라져 휴양지가 되었다고 한다. 나는 그렇게 바뀐 지역을 다시

● 아브루초주에 속한 이탈리아 중부의 도시. 이탈리아어로 '독수리'라는 뜻이다.

찾은 적도 없고 앞으로도 그럴 생각이 없다. 변화가 나쁘지 않고 레스토랑과 호텔이 들어서서 좋다는 것을 잘 알지만 말이다. 당시에는 비토리아 호텔이 전부로, 객실이 세 개밖에 없었다. 어머니와 아들 셋이 호텔을 운영했는데, 그들은 아주 친절했고 인간적이었으며 누구든 환대했다. 그런데 내가 알기로 그들은 아브루초를 떠났고, 겨울에 머물 수 있던 부엌과 여름에 쉴 수 있던 테라스를 가진 비토리아 호텔은 이제 존재하지 않는다.

　이뿐만 아니라 이 책에서 말하는 장소들 대부분이 변했다. 〈친구의 초상〉에서 묘사했던 도시의 모습은 물론 다시 찾기 힘들다.

나탈리아 긴츠부르그

1983년 10월, 로마

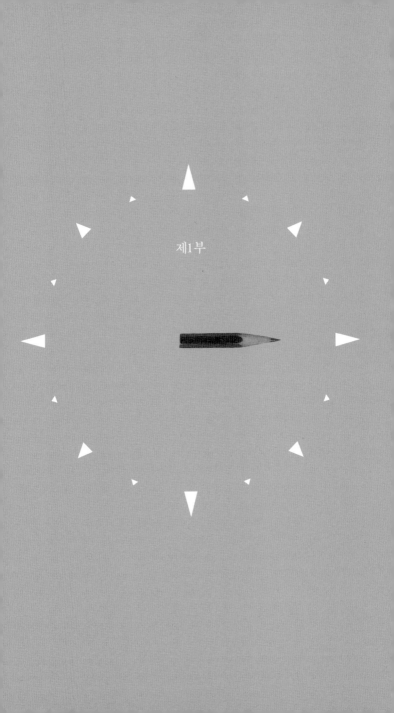

제1부

아브루초에서의 겨울

신이 우리를 위해 평화의 순간을 창조하셨다

아브루초에는 여름과 겨울 두 계절만 있다. 봄에는 겨울처럼 눈이 내리고 바람이 불며 가을은 여름처럼 무덥고 구름 한 점 없다. 여름은 6월에 시작해서 11월에 끝난다. 나지막하고 메마른 언덕 위에 햇볕이 내리쬐던 길고 긴 날들, 거리를 뒤덮는 누르스름한 흙먼지, 아이들의 이질이 끝나면서 겨울이 시작된다. 그러면 사람들은 거리에서의 생활을 중단한다. 교회 계단을 차지하고 있던 맨발의 아이들이 사라진다. 내가 말하고 있는 지방에서는 거의 모든 남자가 추수를 마치면 사라졌다. 그들은 테르니, 술모나, 로마로 일하러 떠났다. 아브루초는 벽돌공들의 마을이었다. 그래서 어떤 집들은 우아하게 지어져서 작은 저택처럼 테라스와 줄기둥도 있었다. 그런데 집 안으로 들어갔다가 햄을 매달아둔 어둑하고 넓은 부엌과 텅 비어 황량한 큰방들을 발견하면 깜짝 놀란다. 부엌마다 불을 피웠는데 그 종류가 다양했다. 참나무 밑동으로 피워 활활 타오르는 불이 있는가 하면 잎이 무성한 잔가지와 나뭇잎으로 피운 불, 거리에서 하나씩 주운 마른 가지로 피운 불도 있었다. 그런 불들로 가난한 이들과 부자들을 쉽게 구분했다. 집이나 사람, 거의 똑같은 옷과 신발을 보고 구별하는 것보다 훨씬 정확했다.

내가 말하고 있는 마을에 왔을 때 처음에는 모든 얼굴이 다 똑같아 보였다. 여자들은 부자거나 가난하거나 젊거나 늙거나 생김새가 다 비슷했다. 대부분 이가 없었다. 그쪽 지역의 여자들은 서른 살쯤이면 이가 거의 다 빠졌는데 과로와 영양부족, 쉴 새 없이 계속되는 힘겨운 출산과 모유 수유 때문이었다. 하지만 나는 서서히 빈첸치나와 세콘디나를, 안눈치아타와 아돌로라타를 구분하게 되었다. 그리고 이제 어느 집에나 들어가서 각기 다른 불로 몸을 녹이기도 했다.

첫눈이 내리기 시작하자 슬픔이 서서히 우리를 사로잡았다. 우리는 유형 생활 중이었다. 우리가 살던 도시는 멀리 떨어져 있었고 책과 친구들, 실제 존재들의 다양하고 변화무쌍한 사건들 역시 마찬가지였다. 천장을 가로지르는 긴 연통이 달린 초록 난로에 불을 피웠다. 우리는 난로가 있는 방에 모두 모였고 거기서 음식을 만들고 식사를 했다. 남편은 타원형의 넓은 탁자에서 글을 썼다. 아이들은 바닥 여기저기에 장난감을 흩어놓았다. 천장에는 독수리가 그려져 있었다. 나는 독수리를 보며 이것이 유형 생활이라고 생각했다. 유형 생활은 독수리였다. 유형 생활은 윙 소리를 내는 초록 난로였고 광활하고 고요한 들판이었으며 소리 없이 쌓인 눈이었다. 5시면 산타 마리아 교회의 종이 울렸다. 그러면 여인들은 불그레한 얼굴을 검은 숄로 감싸고 기도를 하러 갔다. 매일 저녁 남편과 나는 산책을 했다. 팔짱을 끼고 눈에 발을 푹푹 빠뜨려가며 걸었다. 길가의 집들에는 우리를 잘 아는 친근한 사람들이 살았다. 모두들 문 앞에 나와서 우리에게 말하곤 했다. "건강하세요." 가끔 누군가는 이렇게 물었다. "언제 집에 돌아가시나요?" 남편이 대답했다. "전쟁이 끝나면요." "전쟁은 언제 끝나려나요? 모르는 게 없으시고 교수님이시니 전쟁이 언제 끝날지 아시지 않습니까?" 사람들은 남편의 이름을 발음할 줄 몰라서 '교수님'이라고 불렀다. 그리고 여러 가지 일을, 가령 발치하기에 제일 좋은 계절이라든가 시청에서 주는 지원금이나 세금에 관해 조언을 구하러 멀리서 남편을 찾아왔다.

겨울이면 몇몇 노인들이 폐렴으로 세상을 떠났고 산타마리아 교회의 조종● 소리가 울려 퍼졌으며 목수인 도메니코 오레키아는 관을 짰다. 한 여자가 미쳐서 콜레마조의 정신병원에 들어갔다. 동네 사람들은 한동안 그 여자 이야기를 했다. 그녀는 젊고 깨끗한 여자였다. 온 동네에서 그 여자만큼 깨끗한 여자는 없었다. 사람들은 너무 깨끗해서 그런 일이 일어난 거라고 말했다. 지제토 디 칼체도니오의 집에서 쌍둥이 여자아이가 태어났는데 그 집에는 이미 남자 쌍둥이가 있었다. 지제토 디 칼체도니오는 여기저기 많은 땅과 도시 일곱 개를 합친 것만큼 넓은 밭을 가지고 있어서 시에서 지원금을 주지 않으려 했고 그때문에 그는 시청에서 큰 소동을 벌였다. 학교 소사인 로사의 한쪽 눈에 옆집 사는 여자애가 침을 뱉었다. 그러자 로사는 보상금을 받으려고 눈에 붕대를 감고 다녔다. "눈은 예민한데 침은 짜잖아요." 로사가 설명했다. 그리고 이 이야기 역시 한동안 사람들의 입에 오르내렸고 더 이상할 말이 없어지자 잊혔다. 매일 우리의 마음속에서 향수

● 죽은 사람을 애도하기 위해 치는 종.

가 점점 커져갔다. 가끔은 가볍게 취한 다정한 친구처럼 그것이 기분 좋게 느껴지기까지 했다. 우리가 살던 도시에서 편지가 도착했는데 우리가 참석할 수 없었던 결혼식과 장례 소식이 담겨 있었다. 이따금 향수는 날카롭고 씁쓸해졌고 증오로 변했다. 그래서 우리는 도메니코 오레키아를, 지제토 디 칼체도니오를, 안눈치아타를, 산타 마리아 교회의 종소리를 증오했다. 하지만 그게 부당하다는 것을 알았기에 우리는 그런 증오를 감추었다. 그리고 우리 집은 도움을 청하러 온 사람과 도움을 주러 온 사람들의 발길이 항상 끊이지 않았다. 가끔 재봉사가 와서 사뇨콜레*를 만들어주었다. 그녀는 허리에 천을 두르고 계란을 깨고 크로체타를 마을로 보내 큰솥을 빌려줄 사람을 찾게 했다. 불그레한 얼굴로 그 일에 몰두했는데 두 눈은 단호한 의지로 빛났다. 사뇨콜레를 잘 만들기 위해서라면 집이라도 불태울 기세였다. 그녀는 옷과 얼굴에 새하얗게 밀가루를 뒤집어썼고 남편이 글을 쓰던 타원형 탁자에 사뇨콜레가 놓였다.

크로체타는 우리 집에서 일하던 여자였다. 사실 열네

● 아브루초 지방의 전통 파스타.

살이었기 때문에 여자보다는 소녀라고 하는 게 맞았다. 재단사가 크로체타를 구해주었다. 재단사는 이 세상의 여자들을 머리를 빗는 여자와 그러지 않는 여자, 두 부류로 나누었다. 머리를 빗지 않는 여자들의 머리에는 당연히 이가 있기 때문에 조심해야 했다. 크로체타는 머리를 빗어서 우리 집에 일을 하러 왔다. 그리고 아이들에게 죽은 사람들과 무덤에 대한 긴 이야기들을 들려주었다. 옛날 옛적에 한 아이가 살았는데 엄마가 죽고 없었다. 아이의 아버지는 다시 아내를 맞았다. 계모는 아이를 좋아하지 않았다. 그래서 아버지가 밭에 간 사이에 아이를 죽인 뒤 삶았다. 집에 돌아온 아버지는 그것을 먹었지만 다 먹고 나자 접시에 남은 뼈가 노래하기 시작했다.

사악한 계모가
나를 큰솥에 삶았지
아버지가 게걸스럽게
한입에 나를 먹어치웠네

그래서 아버지는 낫으로 아내를 죽이고 문 앞의 못에 걸어놓았다. 가끔 나도 모르게 이 노랫말을 흥얼거리다 깜짝 놀란다. 그럴 때면 그 계절들의 특별한 정취와 살을 에던 바람과 교회의 종소리와 함께 그 마을의 전경이 눈앞에 펼쳐진다.

나는 매일 아침 아이들을 데리고 산책을 나갔다. 그러면 다들 깜짝 놀라서 춥고 눈이 쌓여 있는데 아이들을 데리고 다니지 말라고 말렸다. "이 아이들이 무슨 잘못을 저질렀나요?" 사람들이 말했다. "산책을 할 날씨가 아니에요, 부인. 집으로 돌아가세요." 우리는 사람이 없는 하얀 들판을 오래 걸었다. 어쩌다 만나는 사람들이 아이들을 불쌍한 눈으로 쳐다보았다. "무슨 잘못을 저질렀나요?" 내게 물었다. 그곳에서는 겨울에 아이가 태어나면 여름이 될 때까지 방 밖으로 데리고 나가지 않는다. 정오가 되면 남편이 우편물을 가지고 내게로 왔고, 그러면 모두 같이 집으로 돌아갔다.

나는 아이들에게 우리가 살던 도시 이야기를 들려주었다. 아이들이 아주 어렸을 때 도시를 떠나서 아이들은 도시에 대한 기억이 전혀 없었다. 나는 도시에는 여러 층으로 된 집들이 있고 멋진 거리와 상점들도 많다고 말해주었다. "여기도 지로 할아버지네 가게가 있잖아요." 아이들이 말했다.

지로의 가게는 우리 집 바로 앞에 있었다. 지로는 늙은 올빼미처럼 문 앞에 서서 둥근 눈으로 무심하게 거리를 바라보았다. 그는 식료품, 양초, 엽서, 신발, 오렌지 등 다양한 물건을 팔았다. 물건이 도착해서 지로가 상자들을 내리면 아이들은 그가 버린 썩은 오렌지를 먹으러 달려갔다. 크리스마스에는 누가,• 술, 캐러멜도 팔았다. 하지만 그는 한 푼도 깎아주지 않았다. "지로, 진짜 야박하네요." 여자들이 말했다. 그러면 이렇게 대답했다. "남 생각해주다가 내가 망할 지경이오." 크리스마스에는 남자들이 테르니, 술모나, 로마에서 돌아와 며칠을 머물렀고 돼지들을 잡은 뒤 다시 떠났다. 그 며칠 동안은 스프리촐리••와 소시지만 먹었고 술만 마셨다. 그러고 나면 새로운 새끼 돼지들의 울음소리가 거리를 메웠다.

2월이 되자 공기는 축축하고 부드러워졌다. 회색의 무거운 구름들이 하늘에 떠다녔다. 한 해는 눈이 녹으면서 홈통이 내려앉았다. 그러자 집 안으로 물이 흘러내려 방 안은 진짜 늪이 되어버렸다. 우리 집만이 아니라 온 마을

• 흰 빛깔의 사탕. 말린 과일이나 견과류를 섞어서 굳혀 만든다.
•• 돼지 지방을 가공하여 만든 음식.

이 다 그랬다. 물기가 없는 집은 단 한 집도 없었다. 여자들은 창문에서 양동이의 물을 비우고 빗자루로 물을 문밖으로 쓸어냈다. 우산을 펴놓고 잠자리에 드는 사람도 있었다. 도메니코 오레키아는 어떤 죄에 대한 형벌이라고 말했다. 그런 상황이 일주일 이상 지속되었다. 그러다가 마침내 눈의 흔적이 지붕에서 완전히 사라졌고 아리스티데는 홈통을 수리했다.

겨울의 끝자락이 되자 우리 마음속에 잠들어 있던 불안감 같은 게 깨어났다. 어쩌면 누군가가 우리를 찾아올 수도 있었다. 마침내 무슨 일인가가 일어날지도 몰랐다. 우리들의 유형 생활도 끝나야만 했다. 세상과 우리를 갈라놓은 길들이 더욱 짧게만 보였다. 우편물들이 더 자주 도착했다. 우리의 동상은 서서히 아물었다.

인간들의 운명에는 변함없는 어떤 획일성이 있다. 우리의 존재는 오래되고 변할 수 없는 법칙에 따라, 획일적이고 오래된 그것의 리듬에 따라 움직인다. 꿈은 결코 이루어지지 않는다. 꿈이 산산조각 나는 것을 보자마자 우리는 갑자기 우리 인생의 가장 큰 기쁨들이 현실 바깥에 있다는 것을 알게 된다. 꿈이 산산조각 나는 것을 보자마자 우리는 꿈이 무르익던 시절을 사무치게 그리워한다. 우리의 삶은 희망과 그리움이 교차되는 사건 속에서 흘러간다.

남편은 우리가 그 마을을 떠난 지 몇 달이 채 되지 않아 로마의 레지나 코엘리 감옥에서 숨을 거두었다. 고독한 그의 죽음이 가져온 공포에 직면해서, 그의 죽음에 앞선 고통스러운 선택들 앞에서, 이것이 지로네 가게에서 오렌지를 사서 눈 속을 산책하던 우리에게 벌어진 일이 맞는지 자문해보곤 한다. 그때 나는 바라는 게 다 충족되고 다양한 경험과 함께하는 모험들이 가득한, 평탄하고 행복한 미래가 찾아오리라고 믿었다. 하지만 그때가 내 인생에서 가장 행복한 시절이었고 영원히 사라진 지금에서야, 이제야 그것을 알게 되었다.

낡은 신발

내 신발도 낡았고 지금 같이 사는 친구의 신발 역시 낡았다. 함께 있을 때면 우리는 신발에 대해 자주 대화한다. 내가 늙어 유명한 작가가 되어 있을 때 이야기를 하면 그녀는 즉시 묻는다. "어떤 신발을 신고 있을까?" 그러면 나는 한쪽에 큰 금색 버클이 달린 초록 스웨이드 구두라고 말한다.

나는 모두가 튼튼하고 건강에 좋은 신발을 신는 가족의 일원이다. 게다가 어머니는 신발이 아주 많아서 따로 보관할 신발장을 일부러 맞춰야만 했다. 가족들에게 돌아가면 그들은 내 신발을 보고는 분개하고 슬퍼하며 고함을 쳤다. 하지만 나는 낡은 신발을 신고도 살아갈 수 있다는 것을 안다. 독일군에게 점령당했을 때 나는 혼자 여기 로마에 있었고 신발이라고는 딱 한 켤레밖에 없었다.

구두 수선공에게 신발을 맡겼다가는 이틀이나 사흘 정도 집 안에서 한 발짝도 나갈 수 없었을 텐데 그건 내게 불가능했다. 그래서 나는 그 신발을 계속 신었다. 그런데 비를 맞기라도 하면 신발은 흐물흐물해지며 볼품없이 더욱 망가졌다. 신발이 서서히 망가져 흐물흐물해지더니 모양이 없어졌다. 발바닥에 차가운 포장도로가 느껴졌다. 그래서 지금도 계속 허름한 신발을 신는다. 그 신발을 기억하기 때문이며 그 신발과 비교하면 지금 신발이 그리 낡아 보이지도 않기 때문이다. 신발이 없어서는 안 될 무엇인가로 느껴지지 않는다. 그래서 돈이 있으면 다른 데 쓰고 싶다.

젊은 시절 나는 항상 부드럽고 깊은 애정에 둘러싸여 응석받이로 살았다. 하지만 그해 여기 로마에서 나는 처음으로 혼자였다. 그래서 내게 로마는 소중하다. 특별한 이야기가 담겨 있다. 고통스러운 기억만 가득하고 달콤한 시간은 별로 없지만 말이다. 내 친구도 낡은 신발을 신고 다니며 이 때문에 우리는 함께 잘 지낸다. 내 친구에게는 신고 있는 신발 때문에 그녀를 비난할 사람이 한 명도 없다. 사냥꾼들이 신는 장화를 신고 들판을 돌아다니는 오빠가 한 명 있을 뿐이다. 그녀와 나는 비가 올 때 어떤 일이 벌어지는지 알고 있다. 발은 아무것도 신지 않은 듯이 비에 젖으며 신발 속으로 물이 들어온다. 그리고 걸을 때마다 찍찍 소리가 조그맣게 난다.

내 친구의 얼굴은 창백하고 남자같이 생겼는데 검은색 입담배 필터를 이용해 담배를 피운다. 둥근 뿔테 안경을 쓰고 신비하면서도 오만한 표정으로, 검은 담배 필터에 끼운 담배를 물고 책상에 앉아 있는 그녀를 처음 보았을 때 중국 장군 같다고 생각했다. 그때 나는 그녀가 낡은 구두를 신고 있는 줄 몰랐다. 한참 뒤에야 그 사실을 알게 되었다.

우리는 불과 몇 달 전에 알게 됐지만 여러 해 전부터 알고 지낸 사이 같다. 내 친구는 자식이 없지만 내게는 있다. 친구는 이것이 이상하다고 생각한다. 내 아이들은 어머니와 함께 지방에 있기 때문에 그녀는 사진으로만 아이들을 보았다. 그녀가 우리 아이들을 한 번도 보지 못한 것도 우리 사이에서는 아주 이상한 일이었다. 어떤 의미에서 그녀는 아무 문제가 없다. 인생을 아무렇게나 살고 싶은 유혹에 굴복할 수 있지만 나는 그럴 수 없다. 그러니까 내 아이들은 나의 어머니와 살고 있고 아직까지는 낡은 신발을 신지 않는다. 아이들은 어떤 어른이 될까? 내 말은, 어른이 된 후에 어떤 신발을 신게 될까? 어떤 길을 선택해서 걸음을 내디딜까? 쾌적하지만 꼭 필요하지는 않은 것을 모두 욕망에서 배제하기로 결정할까, 아니면 모든 게 다 필요하고, 인간은 튼튼하고 건강에 좋은 신발을 신을 권리가 있다고 단언할까?

나는 친구와 함께 이런 문제에 대해서 오래 이야기를 나눈다. 그리고 내가 늙어 유명한 작가가 되고, 그녀는 늙은 중국 장군처럼 어깨에 배낭을 짊어지고 세계를 여행하고, 내 아이들은 건강에 좋고 튼튼한 신발을 신고 아무것도 거부하지 않는 사람의 자신 있는 걸음으로, 또는 낡은 신발을 신고 아무것도 필요치 않는 사람처럼 자유롭게 느릿느릿 걸음을 떼어놓으며 자신의 길을 갈 때 세상은 어떻게 변해 있을지에 대해 이야기한다.

어떨 때는 우리 아이들을 그녀의 조카들, 그러니까 사냥꾼들이 신는 장화를 신고 들판을 돌아다니는 오빠의 자식들과 결혼시키는 것을 상상해본다. 우리는 쌉쌀한 홍차를 밤늦게까지 마시며 그런 이야기를 나눈다. 우리에게는 매트리스 하나와 침대 하나가 있다. 매일 밤 우리는 누가 침대에서 잘지 가위바위보를 한다. 아침에 일어나면 우리의 낡은 신발이 카펫에 놓여 있다.

내 친구는 이따금 일하는 게 지겨워서 다 집어치우고 싶다고 말한다. 싸구려 술집에 틀어박혀 그동안 모은 돈을 다 써버리거나 침대에 꼼짝 않고 누워서 아무 생각도 하지 않은 채 전기와 가스가 끊겨도 내버려두고 모든 일이 될 대로 되어가게 내버려두고 싶다고도 한다. 내가 떠나고 난 뒤 그럴 것이다. 우리가 함께 살날이 얼마 남지 않아서 나는 곧 로마를 떠나 내 어머니와 아이들에게로, 낡은 구두를 신는 것을 허용하지 않는 집으로 돌아갈 테니까 말이다. 내 어머니는 단추 대신 옷핀을 사용하지 못하게 할 것이고 밤늦게까지 글을 쓰지 못하게 막을 것이다. 그리고 나는 다 집어치우고 싶은 유혹을 누르며 아이들을 돌볼 것이다. 아이들과 있을 때면 언제나 그랬듯이 진지하고 모성애 넘치는 사람으로 돌아갈 것이다. 지금과는 다른 사람, 친구가 전혀 모르는 그런 사람으로.

나는 시계를 볼 테고 시간을 중요하게 생각할 것이며 모든 일에 신경을 쓰고 주의를 기울일 것이다. 내 아이들이 언제나 보송보송하고 따뜻한 신발을 신을 수 있게 신경을 쓸 것이다. 적어도 어린 시절만이라도 그런 신발을 신을 수 있으면 당연히 그래야 한다는 사실을 알기 때문이다. 그뿐만 아니라 어쩌면 나중에 낡은 신발을 신고 걸

는 법을 배우려면 어린 시절에는 보송보송하고 따뜻한 신
발을 신는 게 좋을지도 모른다.

친구의 초상

내 친구가 사랑했던 도시는 언제나 같은 모습이다. 약간의 변화가 있지만 사소하다. 트롤리버스가 운행되고 몇 개의 지하도가 생긴 정도다. 새로 들어선 극장도 없다. 예전의 극장은 그때의 이름 그대로 지금도 그 자리에 있다. 그 이름들을 반복해서 부를 때마다 우리의 마음속에 젊음과 어린 시절이 되살아난다. 지금 우리는 다른 도시에, 그 도시보다 훨씬 큰 전혀 다른 곳에 산다. 우리가 만나서 우리 도시 이야기를 할 때면 그곳을 떠난 것을 후회하지 않으며 이제 다시는 그 도시에서 살 수 없을 것 같다고 말한다. 하지만 그곳에 돌아가서 역의 중앙 홀을 가로질러 안개 낀 넓은 가로수 길을 걷기만 해도 정말 우리 집에 돌아온 기분이 든다. 그곳에 돌아갈 때마다 도시가 우리에게 안겨주는 슬픔은 우리 집에 있다고 느끼는 동시에 우리 집에 더 이상 머무를 이유가 없다고 느끼는 데에서 기인한다. 여기 우리가 젊은 시절을 보낸 이 도시에 있는 우리 집에는 이미 살아 있는 게 거의 없고 수많은 추억과 그림자만이 우리를 맞아준다.

게다가 우리 도시는 본질적으로 우울하다. 겨울 아침이면 역 특유의 냄새가 나고 매연 냄새가 도시의 거리마다, 넓은 가로수 길마다 퍼져 있다. 아침에 도시는 자욱한 잿빛 안개에 싸여 있고 곳곳에 그런 냄새가 고여 있다. 이따금 희미한 햇살 한 줄기가 안개 사이로 스며들어 쌓인 눈과 앙상한 가지들을 분홍색과 연보라색으로 물들인다. 거리와 가로수 길의 눈은 삽으로 치워져 무더기를 이뤘지만, 공원은 여전히 아무도 손대지 않은 부드러운 이불 같은 눈에 덮여 있다. 인적이 없는 벤치와 분수 가장자리에는 손가락 하나 높이만큼 눈이 쌓였다. 말이 달리는 경주로의 시계는 언제부터인지 모르게 10시 45분에 멈춰 있다. 강 건너편에 언덕이 자리 잡고 있는데 그곳 역시 아직도 하얀 눈에 덮여 있지만 여기저기서 불그스름한 관목들의 흔적이 보인다. 언덕 맨 위에는 원형의 오렌지색 공장이 우뚝 서 있다. 한때 '오페라 나치오날레 발릴라'•가 사용했던 건물이다. 햇빛이 조금이라도 비치는 날에는 자동차 박람회장의 유리 돔이 눈부시게 빛나고 강물은 초록빛으로 반짝이며 거대한 돌다리들 밑으로 흘러간다. 이 도시도 잠시 동안은 활기 넘치고 아늑해 보일 수 있다. 하지만 그러한 인상은 금방 사라져버리고 만다. 도시의 본질적인 성질은 우울이다. 강물은 멀리 사라져가며 보랏빛 안개는 자욱한 지평선으로 모습을 감춘다. 안개 때문에 정오에도 해 질 녘 같은 생각이 든다. 어느 곳에서든 부지런함이 밴 칙칙한 매연 냄새가 똑같이 나고 기적 소리가 들린다.

이제야 알아차렸는데 우리 도시는 우리가 잃어버린 친구, 도시를 사랑했던 그 친구와 많이 닮았다. 도시는 그가 그랬듯이 부지런하며, 고집스럽고 열정적으로 활동한다. 무기력한 동시에 한가하게 시간을 보내며 꿈꾸길 원한다. 그를 닮은 도시에서 우리는 어디를 가나 그 친구가 되살아나는 기분을 느낀다. 구석구석에서, 길모퉁이를 돌 때마다, 뒤쪽에 장식 벨트가 달린 검은 외투를 입고 외투 깃 속에 얼굴을 숨긴 채 모자를 눈까지 깊숙이 내려쓴 키 큰 그가 불쑥 나타날 것만 같다. 고집스럽고 고독한 친구는

● 무솔리니 치하에서 1926년 창설된 이탈리아 파시스트 소년단.

도시를 성큼성큼 걸었다. 그는 제일 한적하고 담배 연기가 자욱한 카페에 몸을 숨겼다. 재빨리 외투와 모자를 벗었지만 밝은색의 보기 흉한 목도리는 아무렇게나 목에 두르고 있었다. 밤색의 긴 머리카락을 손가락에 돌돌 감았다가 갑자기 번개처럼 머리를 헝클었다. 그리고 자유분방한 필체로 거침없이 종이들을 채워나가다가 분노하며 글을 지워버렸다. 그는 도시를 찬양하는 시를 썼다.

> 강에서 피어오른 물안개가
> 초원과 언덕들 속의 아름다운 도시로 올라오는 오늘,
> 안개 속에서 도시는 추억처럼 희미해지고⋯⋯

우리가 도시로 돌아가거나 도시를 떠올릴 때면 그가 쓴 시의 구절들이 귀에 울려 퍼진다. 그런데 우리는 그의 시가 아름다운지 아닌지조차 알지 못한다. 그것이 우리의 일부이기 때문이며 우리가 젊었던 시절의 모습을, 친구의 생생한 목소리로 처음 그 시를 들었던 까마득히 먼 나날들의 우리 모습을 비춰주기 때문이다. 그리고 그때 우리는 잿빛의 무거운 도시이자 시적인 것과 거리가 먼 우리의 도시를 시로 옮길 수 있다는 것을 발견하고 깜짝 놀랐다.

우리의 친구는 도시에서 소년처럼 살았고 마지막까지 그렇게 살았다. 소년의 하루처럼 그의 하루는 길고 길었으며 시간이 넘쳤다. 그는 공부하고 글을 쓰고 생활비를 벌고 자신이 사랑하는 거리에서 한가하게 빈둥거리기 위한 시간을 찾는 법을 알았다. 게으름과 부지런함 사이에서 갈등하던 우리는 게으르게 시간을 보내야 할지 부지런히 일해야 할지를 확실히 결정하지 못한 채 시간을 낭비했다. 그는 수년 동안 특정한 직업을 갖고 정해진 시간에 일하기를 원치 않았다. 그러나 사무실 책상에 앉기로 결정하자 꼼꼼한 직원이며 지칠 줄 모르는 노동자가 되었다. 그러면서도 게으름을 피울 충분한 시간을 확보했다. 식사를 할 때는 눈 깜짝할 사이에 해치웠으나 거의 먹지 않았고 눈을 붙이지도 않았다.

그는 때때로 몹시 슬퍼했다. 하지만 우리는 그가 성인이 되기로 결심한다면 그런 슬픔에서 벗어나리라고 오랫동안 생각했다. 그의 슬픔은 우리 눈에는 소년의 슬픔으로 보였기 때문이다. 아직 현실에 발을 디디지 않았고 무미건조하고 고독한 꿈의 세계에 사는 소년의 관능적이고 무기력한 우울 같았다. 그는 이따금 저녁이면 우리를 찾아왔다. 목도리를 두른 채 창백한 얼굴로 자리에 앉아서 머리카락을 손에 돌돌 말거나 종이를 구겼다. 그는 저녁 내내 한마디도 하지 않았다. 우리가 뭐라고 물어도 대답조차 하지 않았다. 그러다가 벌떡 일어나서 외투를 집어 들고 가버렸다. 그러면 모욕을 느낀 우리는 우리와 같이 있는 게 실망스러웠던 것은 아닌지, 우리와 함께 있으면 기분이 좋아질 줄 알았는데 그게 아니었던 것인지, 아니면 그저 자신의 집이 아니라 우리의 집 불빛 아래에서 조용히 저녁을 보낼 생각이었던 건지 서로에게 묻곤 했다.

게다가 그가 기분이 좋아 보일 때도 그와 대화하기는 쉽지 않았다. 하지만 많은 말을 나누지는 않아도 그와의 만남은 그 어떤 만남보다 강렬하고 자극적일 수 있었다. 우리는 그와 만나며 훨씬 똑똑해졌다. 우리 안에 있는 보다 뛰어나고 진지한 것을 말로 표현해야 한다는 충동을 느꼈다. 우리는 진부함과 부정확한 생각들, 그리고 모순을 던져버렸다.

우리는 그 친구 곁에서 종종 굴욕감을 느꼈다. 우리는 그처럼 절제를 할 줄도, 겸손할 줄도, 너그러울 줄도, 이타적일 줄도 몰랐기 때문이다. 그는 친구인 우리를 퉁명스럽게 대하고 우리의 결점을 결코 용서하지 않았지만 우리가 고통을 받거나 아플 때는 갑자기 어머니처럼 자상해졌다. 원칙적으로 그는 새로운 사람과 만나는 것을 거부했다. 하지만 그때까지 한 번도 만난 적 없는 뜻밖의 사람, 어쩌면 어딘지 모르게 비열해 보이기도 하는 사람에게 갑자기 너그러워지고 다정해졌으며 서슴없이 많은 약속을 잡고 계획을 세우기도 했다. 우리가 그에게 그 사람이 많은 면에서 호감이 가지 않거나 비열해 보인다고 말하면 그는 자기도 잘 알고 있다고 대답했다. 그는 언제나 뭐든 전부 다 아는 것을 좋아했다. 그러면서 우리가 뭔가 새로운 것을 말해주면서 기뻐하는 것을 절대 허락하지 않았다. 하지만 그는 무슨 이유로 그 사람에게는 그렇게 친밀하게 행동하면서 그보다 훨씬 더 친근하게 대해 마땅한 다른 사람들에게는 그러지 않는지를 설명하지 않았고 우리는 그 이유를 결코 알지 못했다. 가끔 그는 고상하다고 생각하는 사람에게 호기심을 가졌고 그를 자주 만났다. 어쩌면 그 사람을 자신의 소설에 이용할 수 있으리라고 기대했는지도 몰랐다. 하지만 사교적인 세련된 태도나 습관을 판단할 때 그는 실수를 하곤 했다. 병 밑바닥을 수정으로 착각했다. 그리고 이런 면에서, 아니 이런 면에서만 그는 아주 순진했다. 그는 세련된 태도를 제대로 판단하지 못했다. 그러나 정신이나 문화의 세련미로 말하자면 그는 절대 속아 넘어가지 않았다.

그는 악수를 할 때 인색하고 조심스러워서 손가락 몇 개만 내밀었다가 빼내곤 했다. 그러고는 소심하게 가방에서 담배를 꺼내 아껴가며 파이프를 채웠다. 우리가 돈이 필요하다는 것을 알게 되면 느닷없이 무뚝뚝하게 우리에게 돈을 건넸다. 어찌나 갑작스럽던지 우리는 당황해 어쩔 줄 몰랐다. 그는 자신이 가진 돈을 몹시 아끼며 그 돈과 이별하는 게 고통스럽다고 말했다. 그러나 일단 사라져버리면 곧 그것에 대해 전혀 신경을 쓰지 않았다. 우리가 멀리 떨어져 있어도 그는 편지를 쓰지 않았고 우리의 편지에 답장을 하지도 않았다. 답장을 보내도 단호하고 차가운 문장 몇 개가 전부였다. 그의 말에 따르면 그는 멀리 떨어진 친구를 사랑하는 법을 알지 못했고 친구들의 빈자리로 인해 고통받고 싶지 않아서 당장 자신의 생각 속에 친구들을 묻어버렸다.

그는 아내도, 자식도, 자기 집도 없었다. 그를 사랑하고 그가 사랑했던 결혼한 누나 집에서 살았다. 하지만 가족들과 함께 있을 때도 평상시처럼 퉁명스러웠고 소년이나 이방인같이 행동했다. 그는 자주 우리 집에 들렀고 얼굴을 찡그린 채 온화한 표정으로 우리의 아이들과 우리가 이룬 가정을 면밀히 살피곤 했다. 그 역시 가정을 이룰 생각이었지만 그러기 위해 떠올린 방법은 해가 갈수록 점점 더 복잡하고 더 꼬이기만 했다. 너무나 꼬여 있어서 간단한 결론에 도달할 수 없을 정도였다. 해가 가면서 그는 복잡하게 뒤얽히고 냉혹한 사고와 원칙의 체계를 구축했는데, 그것은 가장 단순한 현실도 구체화할 수 없게 그를 가로막았다. 단순한 현실이 금지되고 불가능해질수록 그의 마음속에는 그 현실을 정복하고자 하는 열망이 점점 깊어지면서 복잡하게 뒤얽혔고 숨 막히게 이리저리 꼬인 식물처럼 가지를 뻗었다. 때때로 그는 깊은 슬픔에 잠겨 있었고 우리는 그를 도와주고 싶었다. 하지만 그는 동정의 말을 꺼내거나 위로의 몸짓을 하기만 해도 단호하게 거부했다. 그뿐만 아니라 우리도 그의 행동을 따라 해서 우리가 실의에 젖는 순간에 그의 위로를 거부했다. 우리에게 많은 것을 가르쳐주기는 했어도 그는 우리의 스승이 아니었다. 우리는 그의 단순한 생각이 터무니없고 복잡하게 꼬인 생각 속에 갇혀 있다는 것을 잘 알았다. 우리도 그에게 뭔가를 가르쳐주고 싶었다. 가장 기본적으로 숨을 쉬며 살 수 있는 방법을 알려주고 싶었다. 우리는 아무것도 알려줄 수 없었다. 우리가 그에게 우리의 어떤 주장을 내세우려 하면 그는 손을 들고 자기는 이미 다 안다고 말했을 뿐이다.

그는 마지막 몇 해 동안 얼굴에 주름이 생기고 볼이 홀쭉해졌으며 뒤얽힌 생각들 때문에 피폐해졌다. 그러나 마지막 순간까지 그는 소년 같은 우아함을 간직하고 있었다. 마지막 몇 해 동안 그는 유명한 작가가 되었다. 그렇다고 소심하게 행동하는 습관이나 겸손한 태도, 매일 정확하고 세심하게 업무를 수행하는 동안 지니고 있던 겸허한 모습은 전혀 변하지 않았다. 유명해져서 좋으냐고 우리가 물으면 거만하게 냉소를 지으며 항상 예상했던 일이라고 대답했다. 그는 종종 영악하고 거만하게, 어린아이 같은 표정으로 심술궂게 냉소를 지었는데, 그것은 얼굴에서 일순간 번득이다 사라졌다. 하지만 항상 예상했던 일이라는 말은 이미 성취한 일이 그에게 아무런 기쁨도 주지 않는다는 뜻이었다. 그는 무엇인가를 얻으면 곧 그것을 즐기고 사랑할 수 없었다. 그는 이미 자신의 문학을 속속들이 알았기 때문에 문학에서 찾을 비밀이 하나도 남아 있지 않다고 말했다. 문학이 전해줄 비밀이 없기 때문에 그는 이제 문학에 흥미를 잃었다. 그가 말한 대로라면 우리 친구들 역시 그가 찾을 비밀을 갖고 있지 않으며, 이로 인해 그에게 우리는 완전히 따분한 사람들이었다. 우리는 그를 따분하게 만든다는 말에 모욕감을 느끼면서도 그가 잘못 생각하는 부분이 어디인지 분명하게 안다는 말을 그에게 하지는 못했다. 그러니까 그에게는 일상의 현실을 정복하는 일이 남아 있었지만 그것은 금지되어 있었고, 난공불락이어서 그는 현실에 대한 갈증과 혐오를 동시에 느꼈다. 그렇게 그는 끝없이 멀리서만 현실을 바라볼 수밖에 없었다.

그는 여름에 세상을 떠났다. 우리 도시는 여름이면 사람들이 다 떠나 쓸쓸하며 아주 넓어 보이고 선명한 데다가 텅 빈 광장에서처럼 소리가 울려 퍼진다. 구름 한 점 없는 하늘은 눈부시게 빛나는 게 아니라 우윳빛으로 흐릿하다. 강물은 습기를 발산하거나 시원한 바람을 불러오지 않은 채 평평한 거리처럼 잔잔히 흐른다. 가로수 길에서 갑자기 먼지바람이 분다. 강에서 모래를 잔뜩 싣고 오는 큰 손수레들이 지나간다. 시내의 넓은 거리를 뒤덮은 아스팔트에는 돌멩이들이 흩어져 있고, 그것들은 타르 속에서 익어간다. 야외의 큰 파라솔 밑에 놓인 카페의 테이블들은 뜨겁게 달구어진 채 비어 있다.

그때 우리는 아무도 도시에 있지 않았다. 그는 타는 듯이 뜨거운 8월의 어느 평범한 날을 선택해 죽기로 했다. 자기가 살아가는 도시에서 이방인으로 죽고 싶었기에 역

근처의 호텔 방을 선택했다. 그는 오래된 시에서, 아주 오래전 쓴 시에서 자신의 죽음을 상상했다.

> 침대를 떠날 필요는 없을 테지
> 새벽만이 텅 빈 방 안으로 들어오겠지
> 창문은 눈부신 빛과 같은 소리 없는 여명으로
> 모든 것에 옷을 입히기에 충분하겠지
> 누운 얼굴 위로 엷은 그림자가 드리우겠지
> 기억들은 벽난로의 오래된 재처럼
> 평평한 그림자들의 웅어리가 되리라
> 기억은 영원히 감은 눈에서
> 어제도 타오르던 불꽃이 되리라

우리는 그가 죽고 나서 얼마 되지 않아 언덕으로 갔다. 길가에 선술집들이 있었는데 선술집마다 빨갛게 익은 포도에 뒤덮인 퍼걸러가 있고 사람들은 보체● 게임을 했으며 자전거들이 즐비했다. 옥수수가 자란 농가들이 있었고 말리려고 자루 위에 펴놓은 풀들도 보였다. 그가 사랑했던 도시 끝자락의 풍경, 그리고 가을이 시작될 무렵의 풍

● 금속 공을 '보치노'라는 작은 공에 더 가까이 닿게 하는 사람이 이기는 게임.

경이었다. 우리는 풀이 우거진 낮은 언덕과 쟁기질해놓은 밭 위로 9월의 어둠이 내려앉는 것을 보았다. 우리는 모두 오래전부터 알고 지낸 아주 친한 친구였다. 항상 함께 일하고 생각했다. 서로 사랑하다가 불행한 일을 당한 사람들이 그러듯이 우리는 이제 더 사랑하고 서로를 보살피고 보호해주려고 애썼다. 그가 자신만의 어떤 신비한 방법으로 항상 우리를 보살피고 보호해주었다고 느꼈기 때문이다. 그는 그 어느 때보다 더 생생하게 그 언덕에 존재했다.

되돌아오는 시선마다, 저녁 햇살이 스며든
바닷가의 풀과 사물들의 냄새가 간직되어 있다
바다의 숨결을 담고 있다
밤바다처럼 하늘이 가볍게 스치는
불안과 오래된 떨림이 뒤섞인 이 막연한 그림자
매일 저녁 되돌아온다 죽은 목소리들은
그 바다의 부서지는 파도를 닮았다

영국에 대한 찬사와 유감

영국은 아름답고 우울한 나라다. 솔직히 말해 내가 아는 나라가 많지는 않지만 영국이 세계에서 가장 우울한 나라가 아닐까 하는 의심이 생긴다.

영국은 고도로 문명화된 나라다. 질병, 고령화, 실업, 세금같이 삶에서 가장 중요한 문제들을 매우 지혜롭게 풀어가는 것으로 보인다.

영국은 좋은 정부를 가질 줄 아는 나라라고 나는 믿는다. 일상의 아주 사소한 부분에서도 그것이 느껴진다.

영국은 최대한의 존중이 지배하는, 이웃을 최대한 존중하려는 의지가 다스리는 나라다.

영국은 외국인들과 아주 다양한 공동체를 환대할 준비가 항상 되어 있다는 것을 보여주며 그들을 억압하지 않는 나라라고 나는 믿는다.

영국은 집을 지을 줄 아는 사람들의 나라다. 자신과 가족만을 위한 작은 집, 가꿀 수 있는 정원이 있는 집을 소유하고 그곳에서 삶을 누리고자 하는 인간의 바람은 정당하다고 여겨진다. 그래서 도시들은 그런 작은 집들로 구성되어 있다.

아무리 소박한 집이라도 밖에서 보면 매력적일 수 있다.

하지만 어마어마하게 거대한 런던 같은 대도시는 사람들이 집의 크기를 알아차리지 못하게 하고 또한, 그것을 중요하게 생각하지 않도록 구성되어 있다. 우리의 눈은 도시의 거대함에 당황하지 않고 좁은 거리, 작은 집, 초록의 공원들에 이끌리고 매료된다.

도시의 호수처럼 펼쳐진 공원은 눈을 편안하게 하고 상쾌함과 해방감을 선물하며 매연을 씻어준다.

도시에서 녹색이 아닌 곳이라면 어디나 금방 짙은 매연에 휩싸이고 낡은 기차, 석탄, 먼지 냄새같이 역에서 나는 냄새가 난다.

역은 영국에서 우울함이 노골적으로 드러나는 곳이다. 고철과 석탄 조각들이 산을 이루었고 사용하지 않는 녹슨 선로들이 얽히고설켜 수북이 쌓여 있다. 황량한 양배추밭이 역을 에워싸고 있는데 초라한 셔츠들이 빨랫줄에 걸려

있으며 여기저기 기운 낡은 속옷처럼 판잣집들이 다닥다
닥 붙어 있다.

런던의 교외 역시 아주 우울한 곳이다. 똑같이 생긴 작
은 집들이 늘어선 길들이 현기증이 날 정도로 길게 이어
져 있다.

런던의 어떤 구두 상점의 진열장을 볼 때도 같은 현기
증을 느낀다. 앞코가 뾰족하고 굽이 가늘고 긴, 모두 비슷
한 구두들이 빼곡하게 진열되어 있다. 보기만 해도 발이
아픈 구두들이다. 여자들의 속옷으로 넘쳐나는 진열장을
볼 때도 마찬가지다. 어찌나 물건이 많은지 그 속옷들을
보기만 해도 눈이 풍요로워져서 슬립이나 스타킹을 사고
싶은 마음이 싹 사라져버린다. 그렇게 넘치는 물건들을
보면 나는 아무것도 필요하지 않다는 생각이 들며 영원
히 없어지지 않을 것 같은 스타킹과 슬립에 혐오감이 생
긴다.

작은 집들의 붉은 벽을 배경으로 조그맣고 연한 초록
이파리들이 선명하게 보인다. 나뭇잎으로 섬세하게 수를
놓은 듯하다.

이따금 거리에서 연분홍이나 진분홍색 꽃들이 화사하

게 핀 나무를 만나게 된다. 나무는 보기에도 아름답고 도로를 우아하게 장식한다. 그렇지만 나무를 보다보면 우연하게 그 자리에 있는 게 아니라 정확한 계산과 설계에 따라 거기 있다는 게 느껴진다. 우연하게 그 자리에 뿌리 내린 게 아니라 정확한 설계에 따라 거기 심어져 있다는 사실이 그 아름다움을 슬프게 만든다.

이탈리아 어느 도시의 거리에서 꽃이 만발한 나무를 만나면 깜짝 놀랄 기쁨을 맛볼 것이다. 나무는 유쾌하게 땅에서 솟아나 우연히 그곳에 서 있는 것이지 확고한 의지에 의한 계산의 결과가 아니기 때문이다.

검은색과 회색의 도시인 런던에는 몇 가지 색깔이 정확하고 단호하게 배치되어 있다. 사람들은 비슷비슷한 검은 문들 사이에서 갑자기 파란색이나 분홍색이나 빨간색 출입문을 만날 수 있다. 새빨갛게 칠한 버스들이 회색의 공기 속으로 지나간다. 다른 곳에서는 경쾌한 색이겠지만 이곳에서는 그렇지 않고 정확하고 단호한 의도, 웃을 줄 모르는 사람의 단조롭고 무미건조한 웃음에 짓눌려 있다.

그리고 빨간색 소방차는 요란한 사이렌 소리가 아니라 부드러운 종소리를 내며 달린다.

영국은 결코 저속하지 않다. 순응적이지만 저속하지는

않다. 슬프다고 거칠어지는 일도 없다. 저속함은 거칠고 오만한 데서 기인한다. 영감과 상상력에서 나오기도 한다.

우리는 때때로 쉿소리 나는 여자의 목소리나 날카로운 웃음소리에서, 짙은 화장이나 헝클어진 누런색 머리에서 저속함이 드러나리라 생각한다. 그러나 우리는 곧 이 나라 어디에서든 우울이 저속함을 압도한다는 것을 알아차리게 된다.

영국인들은 상상력이 부족하다. 모두 똑같은 방식으로 옷을 입는다. 거리에서 보는 여자들은 하나같이 욕실 커튼이나 레스토랑의 식탁보 같은 베이지색의 투명한 비닐 비옷을 입고 있다. 모두 팔에 고리버들 바구니를 낀 것은 물론이다. 사업가들은 우리가 잘 아는 유니폼 차림이다. 그러니까 검은 중절모를 쓰고 줄무늬 바지를 입고 우산을 들고 다닌다. 첼시 지역의 예술가들, 그리고 예술가와 자유분방한 보헤미안의 삶을 꿈꾸는 젊은이들은 둥글게 자른 불그레한 수염을 덥수룩하게 기르고 볼품없는 주머니가 달린 체크무늬 재킷을 입고 있다. 이런 유형의 여자들은 딱 달라붙는 검은 바지에 목이 높이 올라오는 스웨터 차림이고 비가 오는 날에도 흰 신발을 신는다. 젊은이들은 이런 식으로 옷을 입음으로써 자신들의 자유롭고 개별적이고 비순응적인 상황, 독창성, 영감으로 충만한 사고를 공표한다고 생각한다.

그렇지만 그들은 자신들과 똑같은 헤어스타일에 똑같은 신발을 신고, 도전적인 순진한 표정을 하고 있는 똑같은 사람들이 거리에 수천 명이라는 사실을 알아차리지 못한다.

영국인들은 상상력이 부족하다. 그들은 단 두 가지에서만 상상력을 발휘한다. 노부인들의 이브닝드레스와 커피다.

노부인들은 저녁에 아주 이상한 옷을 입는다. 분홍색과 노란색을 아낌없이 얼굴에 바른다. 조용한 참새에서 화려한 공작과 꿩으로 변신한다.

그 모습을 보고 주위 사람들은 전혀 놀라지 않는다. 게다가 영국인들은 놀라움을 모른다. 거리에서 옆 사람을 보기 위해 고개를 돌리지도 않는다. 카페와 레스토랑에서도 영국은 자신의 영감을 구체화한다. 더 매력적으로 만들려고 '푸슈트저',• '셰누',•• '로마', '레 알피'••• 같은 외국 이름을 가게에 붙이고 싶어 한다. 창문 너머로 빈약

● 헝가리 동부의 초원 지대.

한 덩굴식물, 중국 등, 뾰족한 암벽들, 푸르스름한 빙하가 보인다. 또는 해골, 엑스 자 모양의 뼈, 검은 벽, 검은 카펫, 장례식장의 촛불도 보이는데 사람이 없기 때문에 적막만이 가득 차 있다.

영국은 자신에게 전혀 만족하지 못하기 때문에 외국의 매력적인 깃털을 빌려 와 그것으로 치장할 방법을 연구하거나 음울한 분위기를 연출하면서 전율을 느껴보려 한다.

게다가 이 푸슈트저, 이 알피, 이 묘지 안의 음료와 음식은 항상 똑같이 처참한 맛이다. 상상력이 음료와 음식에 도달하지 못했고 커튼과 카펫과 등불에 갇혀버렸다.

영국인들은 놀라움을 드러내지 않는다. 길에서 누군가 기절을 하더라도 다 예상된 일이다. 불과 몇 초 사이에 누군가가 의자와 물 한 컵을 구해 오고 간호복을 입은 간호사가 나타난다.

기절은 예상이 되고 사고를 당한 사람이 있으면 그 주위 사람들이 민첩하게, 기계처럼 자동으로 움직여 그를

●● '우리 집에서'라는 뜻의 프랑스어.
●●● '알프스'의 이탈리아식 발음.

구한다.

대신 영국인들은 우리가 레스토랑에서 물을 좀 달라고 하면 몹시 놀란다. 그 사람들은 물을 마시지 않고 끝없이 차를 마시면서 갈증을 해소하기 때문이다. 그들은 와인을 마시지도, 물을 입에 대지도 않는다. 그래서 물을 한 컵 달라고 요청하면 그들은 당황한다. 거리에서 누군가 기절을 했을 때 그렇게도 신속하게 제공되던 그 물 한 컵인데 말이다.

마침내 미지근한 물이 조금 담긴 작은 컵과 찻숟가락을 쟁반에 담아 온다.

아마도 카페와 레스토랑을 외국풍으로 위장하는 게 옳을지도 모른다. 그런 장소들이 노골적으로 영국풍이라면 암울한 절망감이 그곳을 지배해서 그곳에 들어오는 사람 누구에게나 자살 충동을 불러일으킬 테니까 말이다.

나는 무슨 이유로 영국의 카페가 그렇게 황량한 느낌이 드는지 종종 궁금했다. 아마 메마른 사회적 관계들에서 기인하는 게 아닌가 싶다. 영국인들이 대화를 나누기 위해 모인 곳은 그곳이 어디든 우울함이 흘러나온다. 사실 영국인의 대화만큼 슬픈 대화는 세상 어디에도 없는데 언제나 본질적인 문제를 건드리지 않고 피상적인 이야기에 머무르고 말기 때문이다. 신성한 사생활을 침해해서 이웃을 불쾌하게 하지 않기 위해 영국인의 대화는 모두에게 극도로 지루하지만 아무런 위험이 없는 화제 주위를 빙빙 맴돌 뿐이다.

영국인들은 냉소주의가 전혀 없는 민족이다. 간단히 말해 순간적으로 폭발하며, 메아리가 없는 둔탁한 소리로 부서지는 그 웃음 밑에는 항상 진지함이 깔려 있다. 그들은 다른 곳에서는 잊힌 어떤 본질적인 가치들을 아직도 믿는다. 일과 공부를, 스스로를, 친구들을, 자신이 한 말에 충실해야 한다는 사실을 진지하게 믿는다.

문명, 이웃에 대한 존중, 좋은 정부, 인간의 필요를 생각하고 준비하는 능력, 노약자에 대한 도움, 이 모든 것은 예부터 내려오는 깊이 있는 지성에서 나온 결과가 분명하다. 이러한 지성조차 거리를 지나가는 사람에게서 어떤 식으로든 드러나지도 느낄 수도 없다. 주위를 둘러보아도 그 흔적조차 발견하지 못한다. 지나가는 사람과 우연히 이야기를 나누면서 인간적인 지혜가 담긴 말을 기대해도 소용이 없다.

우리가 상점에 들어가면 점원이 "제가 좀 도와드릴까요?"라는 말로 우리를 맞는다. 하지만 이건 그냥 말일 뿐이다. 그녀는 우리를 도울 능력이 전혀 없으며, 그렇게 해보려는 시도조차 하지 않는다는 게 즉시 드러난다. 우리와 합의에 도달하거나 우리에게 협력하거나 우리를 만족시키려는 의지를 전혀 비치지 않는다. 우리가 원하는 걸찾는 동안 그녀는 코앞 2센티미터 반경 너머로는 눈길을주지 않는다.

영국 점원들은 세상에서 가장 멍청하다.

그렇지만 그 멍청함에는 냉소, 무례, 오만, 경멸이 전혀없다. 멍청함에는 저속함이 담겨 있지 않다. 점원은 천박하지 않고, 그래서 불쾌하지 않다. 영국 점원들의 눈은 끝없이 펼쳐진 초원을 바라보는 양들의 눈처럼 깜짝 놀란듯 고정되어 있고 공허하다.

우리가 상점에서 나올 때는 깜짝 놀란 듯하고 공허한점원의 눈이 우리를 좇지만 거기에는 우리에 대한 어떤평가나 생각도 담겨 있지 않다. 우리가 그 눈동자에 잠시머물다 떠나자마자 우리를 즉시 잊어버리는 눈이다.

그래서 어쩌다 덜 멍청한 점원과 만나게 되면 너무 놀란나머지 상점 전체를 사버리고 싶은 기분이 들 정도다.

이탈리아는 최악의 정부들에 굴복할 준비가 된 나라다. 다들 알다시피 모든 게 제대로 굴러가지 않는 나라다. 무질서, 냉소주의, 무능력, 혼돈이 지배하는 나라다. 그렇지만 온몸을 순환하는 뜨거운 피처럼 거리에 지성이 흐르는 게 느껴진다.

물론 아무 소용도 없는 지성이다. 그것은 인간의 조건을 조금이라도 향상시킬 수 있는 몇몇 제도를 개선하기 위해 사용되지 않는다. 그렇지만 마음을 따뜻하게 하고 그것을 위로한다. 마음을 현혹하는, 어쩌면 어리석은 위로일지라도 말이다.

영국에서 지성은 구체적인 행동으로 표현되지만 주변의 거리에서, 지나가는 사람들 속에서 그것을 찾아보면 우리는 희미한 빛조차 찾을 수 없다. 그리고 물론 어리석고 부당하지만 이로 인해 우리는 박탈감과 우울함을 느끼는 듯하다.

영국의 우울은 금방 전염된다. 그것은 양처럼 순하고 놀라움이 담긴 우울, 아무것도 없이 텅 빈 당혹감 같다. 그 위에서 날씨나 계절 같은 화제, 깊이 들어가지 않고 상대의 기분을 상하게 하거나 내 기분이 상하는 일이 없는 온갖 화제를 둘러싼 표면적인 대화가 펼쳐진다. 윙윙대는 파리 소리 같은, 길고 가벼운 대화다.

그렇지만 영국인들은 어떤 식으로든 자신들의 슬픔을, 자신들의 나라가 이방인들에게 불어넣는 슬픔을 인식하는 듯이 보인다. 이방인들에게 사과하는 분위기이며 이곳을 떠나길 끊임없이 갈망하는 듯하다. 그들은 영원히 유배지를 떠나지 못하는 사람처럼 다른 하늘 아래 살기를 꿈꾸며 이곳에 살고 있다.

나는 이탈리아에서 10대 청소년 자녀를 둔 부모들이 여름방학에 자녀들을 영국에 보내기만을 고대하는 것에 깜짝 놀란다. 사춘기에 종종 그렇듯이 수줍음을 많이 타고 비사교적이고 뾰루퉁하니 까칠한 시기를 보내는 아이들을 둔 부모들이 특히 더 심하다. 이탈리아의 부모들은 영국을 사춘기 학생들이 지니는 문제들을 치료해줄 특별한 치유책으로 생각한다. 사실 영국에서 갑작스러운 변화를 기대하기는 힘들다. 영국은 절대적으로 자신의 모습을 그대로 유지하는 나라다.

수줍음을 많이 타는 사람은 어디에서든 수줍음을 많이 타고 비사교적인 사람은 어디에서든 비사교적이다. 게다가 무한히 펼쳐진 대초원 같은 영국의 거대한 우울이 수

줌음을 많이 타고 사교성이 부족한 원래 성격 속으로 끝없이 파고든다. 또한 부모들은 자녀들이 여름방학 때 영어를 배우리라는 헛된 기대를 품는데, 영어는 정말 배우기 어려운 언어로 잘하는 외국인도 별로 없다. 그리고 영국인들은 모두 자기식으로 말한다.

영국은 있는 그대로의 모습을 유지하는 나라다. 영혼은 아주 작은 변화도 허용하지 않는다. 영국은 급격한 계절의 변화 없이 온화하고 습한 날씨의 보호를 받으면서 움직임 없이 그 모습 그대로 그 자리에 있다. 더 이상 상상할 수도 없을 정도로 푸른 초원의 풀들이 살을 에는 추위에 얼어 죽지도 않고 뜨거운 태양에 말라붙지도 않은 채 매 계절 그 자리에 있는 것처럼 말이다. 영혼은 악습을 떨치지 못하지만 새로운 악습을 받아들이지도 않는다. 초원의 풀과 똑같이, 촉촉한 빗방울을 머금으며 푸르른 고독에 조용히 자신을 맡긴다.

영국에는 크고 매우 아름다운 교회들이 있다. 집과 상점들 사이에 끼어 있는 게 아니라 푸른 초원에 널찍하게 자리 잡고 있다. 아름다운 묘지들이 소박한 묘비와 함께 교회 아래쪽의 평화롭고 고요한 풀밭 여기저기에 흩어져 있다. 벽으로 둘러싸이지 않고 삶과 친밀한 관계를 영원히 유지한 채, 또는 최상의 평화를 누리며 그 자리에 있다.

우울의 나라에서는 생각이 항상 죽음을 향해 있다. 죽음이 나무 그늘 아래 넓게 드리워진 그림자와 닮았기 때문에, 이미 영혼 속에 존재하며 푸른 잠에 깊이 빠진 침묵과 같기 때문에 그것을 두려워하지 않는다.

라 메종 볼페

여기 런던 우리 집 근처에 '라 메종 볼페'●라는 곳이 있다. 뭐 하는 곳인지 모르겠고 들어가본 적도 없다. 식당이나 카페 같아 보인다. 아마 앞으로도 들어가지 않을 테고 내게 그 이름은 신비로움으로 간직될 것이다. 내가 런던에서 보낸 시간을 떠올릴 때면 그 음절이 귓가에 맴돌고 런던의 모든 것이 그 프랑스 이름으로 요약될 것 같은 기분이 든다.

밖에서는 유리문밖에 보이지 않는데 그 문에는 주름을 촘촘하게 잡은 칙칙한 갈색의 얇은 명주 망사 커튼이 달려 있다. 그 커튼 때문에 안을 볼 수 없다. 낡고 색 바랜 커튼에는 먼지가 잔뜩 끼어 있다. 식당일 수 있지만 그 앞

● '여우 집'이라는 뜻의 프랑스어.

을 지날 때 좋은 냄새도 나쁜 냄새도 나지 않는다. 문 위에는 검은색과 금색으로 쓴 라 메종 볼페라는 그 이상한 이름이 떡하니 붙어 있는데 그 앞을 지날 때 그 문으로 사람이 들어가고 나오는 것을 본 적이 없다. 나는 그곳이 카페든 식당이든 댄스홀이든 어쨌든 거기서 먹고 마시는 음료와 음식은 다 오래된 것이고 틀림없이 커튼의 먼지와 좀도 섞여 있을 거라고 생각한다. 거리는 거의 교외에 가깝다. 주유소와 냉장고 가게 사이에 자리한 채 신비하게 늘 닫혀 있는 라 메종 볼페는 미스터리한 밤 분위기를 발산하고 은밀하고 이국적이며 어쩌면 죄가 될지도 모르는 쾌락을 검은색과 금색의 글자에 담아 약속한다.

런던에는 라 메종 볼페 같은 곳이 셀 수 없이 많다. 뜻밖의 장소에서 볼 수 있고 희한한 이름을 가졌으며 밖에서 보면 뭘 하는 곳인지 알 수가 없다. 밤의 분위기를, 이국적이며 막연하게 죄스러운 마음을 불러일으키는 분위기를 한껏 드러낸다. 대낮에 그곳에 들어가면 실내는 신비하게 어둑한데 푸르스름하고 희미한 전등불이 그 어둠을 겨우 쫓을 뿐이다. 벨벳 카펫이 깔려 있고 벽은 검은색으로 칠해져 있지만, 우리는 테이블 위의 설탕 그릇에 영국에서 사용하는 갈색 설탕이 가득 들어 있는 것을 보고 실망하며 곤혹스러워한다. 우리는 이런 곳에서는 절대 이상한 일이 일어나지 않는다는 것을 금방 알아차린다. 그러니까 여기서 마실 수 있는 것은 우유를 넣은 묽고 미지근한 커피밖에 없다. 신경을 써서 옷을 차려입은 사람들이 테이블에 앉아 있다. 옷차림을 보고 그들이 우연히 지나다 들어온 게 아니라 그곳에서 몇 시간을 보내려고, 아마도 즐거운 시간을 보내려는 확고한 의지를 가지고 왔다는 것을 알 수 있다. 활기라고는 찾아보기 힘든 그런 곳에서 시간을 보내는 게 얼마나 즐거운 일일지 나는 모른다. 포옹하는 연인들은 보이지 않으며 모두들 교양 있게 소곤소곤 대화를 나눈다. 사람들은 친밀하고 열정적이고 활기찬 대화에, 그러니까 남자와 여자 또는 친구 사이에서 오가는 친밀한 대화에 적극적으로 뛰어드는 분위기가 아니다. 교양 있는 속삭임에서는 어떤 친밀감도 느껴지지 않는다. 어둑한 실내에 있는 모든 실내장식, 커튼, 카펫은 친밀한 분위기를 연출하려는 듯하다. 그러나 친밀감은 여전히 추상적인 계획으로, 머나먼 꿈으로만 남아 있다.

런던에 사는 이탈리아 사람들은 만나면 식당 이야기를 한다. 런던 시내 어디에도 기분 좋게 만나서 수다를 떨고 식사를 할 만한 식당이 없다. 런던의 식당은 손님이 너무 많거나 너무 없다. 그리고 모든 식당이 화려하거나 누추하다. 때로는 두 가지 특징이 뒤섞여 있기도 하다. 어떨 때는 등받이가 높은 딱딱한 의자들과 모피를 입은 부인들과 은제 물병들이 화려한 분위기를 만들어내며 누추함을 압도한다. 누추함이 눈에 더 띄는 경우도 있는데 그때 식당은 활기 없이 방치된 느낌이다. 그러나 어떤 곳에서든 거의 똑같은 음식을 먹게 된다. 스테이크는 어디서나 똑같다. 시커멓게 말라비틀어졌고 그 옆에는 삶은 토마토 작은 것이 하나, 올리브 오일도 소금도 뿌리지 않은 양상추 한 잎이 곁들여져 있다.

구운 통닭만 파는 식당들이 있다. 꼬챙이에 줄줄이 꿰어진 닭들이 빙글빙글 돈다. 종업원들은 닭이 담긴 뜨거운 접시를 들고 이 테이블에서 저 테이블로 바쁘게 뛰어다닌다. 주위에서 다른 음식은 눈 씻고 찾아보려 해도 보이지 않는다. 우리가 식당을 나올 때는 닭 때문에 속이 메스꺼워 앞으로 평생 닭고기를 한 조각도 더 먹지 못할 것만 같다. '달걀과 나'라는 이름의 식당들도 있다. 그 식당에는 달걀밖에 없다. 마요네즈를 살짝 얹은 삶은 달걀로, 대리석같이 단단하고 차갑다.

영국에서는 식당과 음식을 대대적으로 홍보한다. 영화

관에서, 거리에서, 지하철역에서, 잡지에서 크고 화려한 음식과 음료 사진이 보인다. "오, 고급스러워요! 맛있어요!" 영화관에서 우리는 중국, 인도, 스페인 식당 광고를 한참 관람한다. 오케스트라와 야자수와 꽃, 페스•나 솜브레로••를 쓰고 식사를 하는 손님들이 등장하는 광고다. 손님들은 음식을 보고 황홀경에 빠지지만 우리 눈에는 예의 그 시커먼 스테이크와 양상추 한 잎이 얼핏 보이는 듯하다. 산딸기로 불그레한 숲과 끝없이 펼쳐진 목초지가 화면에 연이어 등장하며 산딸기가 '키아오라'('여기서 당장' 먹을 수 있는) 아이스크림이 되는가 하면 프레스코 우유 한 팩이 되기도 한다. 도시 곳곳에서 먹고 마시라고 유혹한다. 길모퉁이마다 반숙 달걀과 "달걀에게로 작업하러 가세요"라는 현명한 제안이 담긴 간판들이 보인다. 또는 "하루에 우유 반 리터를 마시세요", "아기 샴페인? 아기 샴페인 사랑해!", 또 다른 것으로는 "주말에는 치킨 한 마리를 즐기세요"도 있다.

하지만 음식과 관련된 이런 야단법석과는 달리 사람들

● 튀르키예와 모로코에서 쓰는 원통형 모자.

●● 멕시코, 페루 등에서 쓰는 챙이 넓은 모자.

에게 음식은 그저 음식일 뿐이다. 일반적이고 우울한 무엇 말이다. 소설에서 우리는 '음식을 조금' 가져왔다는 부분을 읽게 되는데, 그 음식이 무엇인지에 대한 애정 어리고 구체적인 묘사는 찾아보기 힘들다. 식료품점에 진열된 수천 개의 통조림에는 꿩, 자고새, 다마사슴, 노루, 사슴같이 다양하고 매력적인 동물들의 사진이 붙어 있다. 이국적이고 군침이 도는 이름과 실제로 가보면 아주 아름다울 머나먼 곳의 풍경들을 담고 있다. 하지만 영국에서 한동안 산 사람은 이미 그 통조림의 내용물이 언제나 그저 '음식'이라는 것을, 그러니까 아무것도 아니라는 사실을 너무나 잘 안다. 기분 좋게 즐겁고 조용한 마음으로 먹을 수 있는 음식은 아무것도 없다.

여기서 한동안 살다보면 먹을거리를 고를 때 방심해서는 안 된다는 것을 곧 깨닫는다. 어떤 제과점에 들어가서 케이크를 골라 집에 가져와보면 먹을 수가 없다. 이 단순하고 무해한 행위를 여기서는 하지 못한다. 아몬드로 장식한 사랑스러운 초콜릿 케이크들은 실제로 먹어보면 석탄이나 모래 덩어리로 만든 것 같기 때문이다. 공정하게 덧붙이자면 그것들이 해를 끼치는 것은 아니다. 다만 맛이 없고 무해하다. 어쨌든 수백 년 된 오래된 맛인데 맛이 없다. 어쨌든 무해하다. 파라오 무덤의 미라 옆에 있는 케이크 맛이 아마 그러리라. 사탕조차도 가벼운 마음으로 사지 못한다. 돌처럼 단단하고 이에 달라붙으며 입안에 이상한 짠맛을 잔뜩 남길 수 있다.

음식을 판매하거나 제공하는 곳 어디든 불투명한 슬픔이 무겁게 내려앉아 있다. 예쁜 과일들이 수북하고 자몽과 바나나가 잔뜩 쌓인 과일 가게의 진열장들 역시 언제나 슬퍼 보인다. 지하철역이든 중심지에서 멀리 떨어진 교외에서든 들판들 사이의 외딴 마을에서든 마찬가지로 진열장은 다 똑같이 슬퍼 보인다. 어쩌면 가게들이 구별이 안 될 정도로 닮았기 때문일지도 모른다. 그 과일을 먹으면 아무 맛도 안 난다는 것을 알아서일지도 모른다. 아니면 그저 우리가 음식 이야기를 해서, 그러니까 여기서는 슬픈 무엇인가를 이야기하는 중이어서 그렇게 보일 수도 있다.

그렇지만 영국인들은 음식에 대한 집착이 강하다. 한적하고 외딴 시골길, 울창한 숲의 가장자리, 수풀이 우거진 쓸쓸한 비탈길을 지나다보면 "차, 점심, 간식"이라는 표지판을 만나게 된다. 우리는 누가 어떻게 이런 근사한 약속을 지킬 수 있을지 궁금해서 주위를 둘러본다. 개미 한 마리 보이지 않는다. 그러나 거기서 몇 발자국 더 가자 실제로 차와 설탕을 넣은 미지근한 커피 그리고 햄 샌드위치를 먹을 수 있는 음식 트레일러가 우리를 기다리고 있다. 계산대 옆에는 아주 큰 유리공도 있는데, 그 안에는 보글보글 거품을 머금은 오렌지 주스가 반쯤 담겨 있고 신선하다는 느낌을 주기 위해서 누군가 집어넣은 듯한 두세 개의 고무 오렌지가 떠다닌다.

때로는 탁 트인 시골에서 음식 트레일러 대신 작은 통나무집을 만날 수 있다. 거기에는 '농장'이라고 적혀 있으며 '간식'에 대한 약속도 빠지지 않는다. 우리는 특별한 시골 음식을 먹을 수 있으리라고 기대하며 안으로 들어간다. 그 농장에는 지나가다 들른 영국 사람들로 북적이는데 그들은 오후 4시에 감자튀김을 곁들인 대구 요리를 먹고 있다. 여기도 계산대 옆에 오렌지 공이 있으며 팩에 든 프레스코 우유들이 가지런히 줄지어 서 있다. 간식은 샌드위치다. 농장의 샌드위치는 어디서나 볼 수 있는 빵으로 만들어져 체크무늬 종이에 포장되어 있는데 이미 조각으로 잘려 있으며 눅눅하다. 영국의 식료품점 어디서나 파는 샌드위치다. 그곳 주위로 들판이 펼쳐져 있다. 아름답고 푸르고 살랑살랑 소리가 나고 습기가 많고 야생

적인 동시에 세상 그 어떤 곳보다 온화하고 조용하고 곡
식이 자라지 않으며 아무 냄새도 나지 않는 들판이 사방
에 펼쳐져 있다. 거름 냄새도 가축이나 갈아놓은 흙냄새
나 건초 냄새도 나지 않으며 우리가 시골에서 흔히 들을
수 있는 수레바퀴 소리나 말발굽 소리도 들리지 않는다.
대신 아무 냄새도 나지 않는 깨끗한 암소들이 울타리 안
에서 풀을 뜯는다. 소를 지키는 사람도 없다. 목동도, 개
도, 농부도 눈에 띄지 않는다. 가끔 시골 마을 한복판에서
빨간 벨벳과 금색 몰딩으로 내부를 화려하게 장식한 술집
을 만날 수 있다. 런던 시내의 술집과 전혀 다를 게 없다.
한쪽 모퉁이의 벽난로에는 가짜 석탄이나 장작이 타고 있
다. 가짜지만 진짜처럼 잘 만들었다. 사람들은 크고 무거
운 반투명 유리잔에 맥주를 마신다. 지하실의 양철통이나
아연통에서 맥주를 가져오는데 이 통 때문에 어쩔 수 없
이 맥주를 보면 더러운 물이 연상된다. 게다가 런던에서
는 종종 그런 일이 진짜 일어나기도 한다. 왜 다른 용기를
사용하지 않는 걸까? 아무 이유도 없다. 영국인들은 어떤
연상 작용에 무감각하다. 그리고 어쩌면 그 통들은 모든
음료나 음식에 대해 영국인들이 가지고 있는 뿌리 깊은
경멸과 증오의 표시일 수도 있다. 내가 보기에 음식이나

음료를 지칭할 때 사용되는 특정 단어들은 그 소리가 모욕적으로 들리기까지 하며 증오와 경멸을 드러내는 듯도 하다. 'Snackssquash-poultry' 같은 단어 말이다. 이런 단어들이 모욕적으로 들리지 않는가? 단순히 샌드위치, 오렌지, 닭이라는 의미일 뿐인데 말이다.

잘 생각해보면 음식을 팔거나 제공하는 모든 곳을 짓누르는 어두운 슬픔의 진원지는 음식에 대한 영국인들의 증오일 수도 있다. 중산층에 어울리는 장식에 조금이라도 신경 쓰지 않으면 카페와 식당은 놀랍게도 무료 급식소처럼 보인다.

그리고 일주일 내내, 런던 중심가의 가장 멋진 식당 앞, 희한한 이름을 가진 이상야릇한 나이트클럽 앞, 심지어 미스터리한 라 메종 볼페 앞에서까지 쓰레기가 수북한 거대한 회색 쓰레기통들이 보인다. 쓰레기통은 세계 어디에서나 보기 흉하다. 그러나 나는 세계 어느 곳에도 그렇게 큰 회색 쓰레기통, 눈에 잘 띄고 쓰레기가 수북하며 잿빛 안개가 스며들어 있고 우울함이 잔뜩 담긴 쓰레기통은 없을 거라고 생각한다.

그와 나

그는 항상 더위를 많이 타고 나는 추위를 많이 탄다. 정말 무더운 여름이면 그는 더워 죽겠다고 투덜거리기만 하면서 밤에 내가 스웨터를 걸치고 있으면 화를 낸다.

그는 몇 가지 언어를 훌륭하게 구사한다. 나는 잘하는 외국어가 하나도 없다. 그는 자기가 모르는 언어조차도 자신만의 방식으로 말할 수 있다.

그는 방향감각이 뛰어나지만 나는 전혀 그렇지 못하다. 외국의 도시에서도 하루만 지나면 그는 나비처럼 가볍게 움직인다. 나는 내가 사는 도시에서도 길을 잃는다. 우리 집으로 돌아오기 위해 길을 물어야만 한다. 그는 길 묻는 걸 진짜 싫어한다. 우리가 자동차를 타고 낯선 도시로 가게 될 경우 길을 묻고 싶지 않아서 내게 지도를 보라고 말한다. 나는 지도를 볼 줄 모른다. 내가 지도에 그려진 빨간 동그라미들을 보며 쩔쩔매면 그가 화를 낸다.

그는 극장, 회화, 음악을 사랑한다. 특히 음악을 사랑한다. 나는 음악을 전혀 이해하지 못하며, 그림에도 크게 관심이 없고, 극장에 가면 지루하다. 내가 이 세상에서 제일 사랑하고 잘 아는 것은 단 하나, 시뿐이다.

그는 미술관을 사랑한다. 그래서 나는 썩 내키지 않지만 의무감으로 힘들게 그곳에 간다. 그는 도서관을 사랑한다. 나는 싫어한다.

그는 여행, 낯선 외국 도시들, 식당들을 좋아한다. 나는 영원히 집에서 꼼짝하지 않고 싶다. 나는 그를 따라 미술관, 교회, 오페라 공연에 간다. 음악회에도 따라가서 잠이 든다.

그는 오케스트라 지휘자와 성악가 들을 잘 알기 때문에 공연이 끝난 뒤 그들에게 축하 인사 하러 가기를 좋아한다. 나는 성악가들의 분장실로 이어지는 긴 복도로 그를 따라가고 그가 추기경과 왕으로 분장한 성악가들과 나누는 이야기를 듣는다.

그는 활발해서 부끄러움을 타지 않는다. 나는 숫기가 없다. 그러나 더러 그가 부끄러워하는 모습을 보기도 한다. 경찰이 수첩과 연필을 들고 우리 차에 다가올 때다.

그는 경찰들을 보면 자신이 잘못했다고 생각해서 부끄러워한다.

잘못이 없다고 생각할 때에도 마찬가지다. 나는 그가 경찰을 존중하는 사람이라고 생각한다.

나는 경찰을 두려워한다. 그는 그렇지 않다. 그는 경찰을 존중한다. 나는 벌금을 물리려 다가오는 경찰을 보면 그 즉시 나를 감옥으로 데려가려 한다고 생각한다. 그는 감옥을 떠올리지는 않지만 경찰을 존중하기에 부끄러워하며 공손해진다.

공권력을 존중하는 그의 태도 때문에 몬테시 재판● 때 우리는 이성을 잃을 정도로 다투었다.

그는 탈리아텔레,●● 양고기, 적포도주를 좋아한다. 나는 미네스트로네,●●● 판코토,●●●● 프리타타,●●●●● 채소

● 1953년 익사 상태로 발견된 스물한 살의 여성 윌마 몬테시 사건. 몬테시를 죽음에 이르게 한 진상을 규명하기 위해 수많은 저명인사가 수사에 참여하면서 여론의 관심을 끌었다. 범인은 밝혀지지 않았고 취재기자들은 명예훼손죄로 고발되어 재판을 받았다.
●● 면발이 길고 넓적한 파스타.
●●● 채소, 파스타 등을 넣은 이탈리아 전통 수프.
●●●● 빵을 물에 넣고 끓여 소금, 버터, 치즈, 또는 토마토소스로 간을 맞춘 수프.

를 좋아한다.

그는 내가 먹을거리에 대해 아무것도 모른다고 말한다. 수도원 그늘에서 채소 수프를 허겁지겁 먹어치우는 건강한 수도사 같다고 말한다. 나와 달리 그는 미각이 발달한 세련된 사람이다. 식당에서 그는 포도주에 대해 한참 묻고 서너 병을 가져오게 한 뒤 콧수염을 쓰다듬으며 포도주를 보고 곰곰이 생각한다.

영국의 어떤 식당에서는 종업원이 손님의 포도주 잔에 포도주를 조금 따라주는 작은 의식을 거행한다. 손님이 포도주가 자신의 취향인지를 알아보게 하기 위해서다. 그는 이런 작은 의식을 끔찍하게 싫어했다. 그래서 포도주를 따르려 할 때마다 종업원의 손에서 병을 빼앗아 그 의식을 가로막았다. 나는 그를 나무라며 모든 사람은 자신이 맡은 임무를 수행해야만 한다는 점을 상기시켰다.

마찬가지로 그는 극장에서도 좌석 안내원이 자리까지 안내하는 것을 좋아하지 않는다. 안내원에게 즉시 팁을 주지만 언제나 재빨리 안내원이 손전등으로 비추는 자리와는 전혀 다른 곳으로 향한다.

●●●●● 채소, 고기, 치즈, 파스타 등을 넣은 오믈렛과 비슷한 이탈리아 요리.

영화관에서 그는 스크린과 가장 가까운 자리에 앉고 싶어 한다. 우리가 친구들과 같이 갔을 때, 대부분의 사람이 그러듯이 친구들이 스크린에서 멀찌감치 떨어진 좌석을 찾으려 하면 그는 혼자 맨 앞줄에 가서 앉는다. 나는 가까이에서 보든 멀리서 보든 상관이 없다. 하지만 친구들과 같이 있으면 예의상 그들과 함께 앉는다. 그렇지만 마음이 불편한데, 스크린 코앞에 앉은 그가 자기 옆에 앉지 않았다고 삐졌을지도 모르기 때문이다.

우리는 둘 다 영화를 사랑한다. 그래서 하루 중 어느 때든 어떤 영화든 기꺼이 보려 한다. 그는 영화사를 세세한 부분까지 다 알고 있다. 아주 옛날에 활동했으며 잊힌 지 오래되었고 이제는 사라진 감독과 배우들을 기억한다. 무성영화 시대의 오래된 영화를 찾아 멀리 떨어진 교외까지 몇 킬로미터라도 언제든 달려갈 준비가 되어 있다. 그 영화에서 어린 시절 좋아했던 아득한 기억 속의 배우가 등장하는 장면은 불과 몇 초에 불과할지도 모르지만 말이다. 런던의 어느 일요일 오후가 기억난다. 시골과 인접한 멀리 떨어진 교외에서 프랑스 혁명을 배경으로 한 1930년대 영화를 상영했다. 그가 어린 시절 보았던 영화로 당시 유명했던 배우가 잠깐 등장했다. 우리는 자동차를 타고 멀고 먼 길을 갔다. 비가 내렸고 안개가 자욱했다. 우리는 똑같은 회색의 작은 집들이 늘어서 있고 홈통, 가로등, 대문 들이 보이는 똑같은 교외를 몇 시간이나 헤맸다. 내 무릎에 지도가 펼쳐져 있었지만 나는 지도를 볼 줄 몰랐다. 그는 화를 냈다. 마침내 우리는 극장을 찾았고 아무도 없는 극장에 앉았다. 하지만 영화가 시작되고 십오 분이 지나자 그가 관심을 가졌던 여배우가 잠깐 등장하고 나자 그는 당장에 떠나고 싶어 했다. 반면에 나는 먼 길을 돌아왔으니 영화가 어떻게 끝나는지 보고 싶었다. 그의 뜻대로 되었는지 내 뜻대로 되었는지 기억이 나지 않는다. 아마 그가 원하는 대로 십오 분 뒤에 떠났을 것이다. 시간이 늦었기 때문이기도 했다. 우리는 이른 오후에 집을 나섰는데 이미 저녁때가 되어 있었다. 그에게 영화가 어떻게 끝나는지 이야기해달라고 부탁했지만 만족스러운 대답을 얻지 못했다. 그의 말에 따르면 스토리는 중요하지 않았다. 중요한 것은 그 짧은 순간, 그 여배우의 옆모습, 몸짓, 곱슬머리뿐이었다.

　　나는 배우들의 이름을 잘 기억하지 못한다. 얼굴도 마찬가지여서 아주 유명한 배우도 때로는 알아보기 힘들다. 이런 점 때문에 그는 분노한다. 그에게 배우의 이름을 물어보면 그는 화를 낸다. "설마 윌리엄 홀든을 못 알아봤다는 말은 아니겠지!" 그가 말한다.

사실 난 윌리엄 홀든을 알아보지 못했다. 그렇지만 난 영화를 사랑한다. 아주 오래전부터 영화관에 다니기는 했어도 영화에 대한 지식은 전혀 쌓지 못했다. 그는 나와는 반대로 지식을 쌓았다. 그는 호기심을 불러일으키는 모든 것에 대한 지식을 쌓았다. 나는 내 인생에서 몹시 사랑했던 것들에 대해서도 지식을 쌓을 줄 몰랐다. 그런 것들은 내 안에 흩어진 이미지로 남아서 내 삶의 기억과 감정의 자양분이 되었지만 공허감을 채워주거나 내 지식의 사막을 비옥하게 만들지 못했다.

그는 내게 호기심이 부족하다고 말하지만 사실이 아니다. 내가 호기심을 느끼는 경우는 흔치 않다. 그리고 호기심이 충족되었을 때 그것의 흩어진 몇몇 이미지를, 문장이나 단어의 리듬을 간직한다. 그러한 리듬과 이미지들은 은밀하게, 나 자신도 모르게, 눈에 보이지 않게 어떤 선으로 연결될 뿐 그 이외에는 서로 흩어져 있는데, 그런 이미지와 리듬만이 표면에 떠오르는 내 세계는 황량하고 우울하다. 이와 달리 그의 세계는 푸르고 사람으로 북적이고 경작이 잘된 땅이다. 숲과 목초지와 밭과 마을이 펼쳐진 비옥하고 물 대기가 편한 전원이다.

내게는 모든 활동이 매우 어렵고 힘들고 불확실하다. 나는 몹시 게으르고 뭔가를 끝맺으려면 꼭 소파에 누워 몇 시간을 빈둥거려야 한다. 그는 게으름을 모른다. 항상 뭔가를 한다. 라디오를 켜놓고 빠른 속도로 타자를 친다. 오후에 휴식할 때도 교정해야 할 원고나 메모를 잔뜩 해놓은 책을 손에서 놓지 않는다. 그는 하루 동안에 영화관에 갔다가 파티에 갔다가 극장에 가기를 원한다. 그는 같은 날 여러 가지 일을 할 수 있고 나도 그렇게 하길 원한다. 그는 성격이 전혀 다른 사람을 만나기도 한다. 혼자 있을 때 나도 그처럼 해보려고 하지만 아무런 소득도 없다. 삼십 분만 머물려고 생각했던 곳에 오후 내내 붙잡혀 있거나 길을 잃고 헤매거나 아주 따분하고 내가 별로 만나고 싶어 하지 않는 사람에게 잡혀 내가 별로 가고 싶지 않은 곳으로 가기 일쑤다.

내가 오후를 어떻게 보냈는지 그에게 이야기하면 그는 내가 시간을 완전히 낭비했다고 생각한다. 그러면서 재미있어 하고 나를 놀리기도 하고 화를 내기도 한다. 그는 내게 자기가 없으면 아무것도 못 한다고 말한다.

나는 시간 관리를 못한다. 그는 잘한다.

그는 파티를 좋아한다. 다들 정장을 입고 참석하는데 평상시 옷차림으로 간다. 파티에 가기 위해 옷을 갈아입어야 한다는 생각이 머리에 스치지도 않는다. 오래된 트렌치코트에 후줄근한 모자를 쓰고 가기도 한다. 런던에서 산 모자인데 눈 있는 데까지 푹 눌러쓴다. 그는 그 자리에 삼십 분밖에 머무르지 않는다. 그는 삼십 분 동안 술잔을 들고 잡담 나누기를 좋아한다. 그는 작은 케이크들을 엄청나게 먹는다. 나는 거의 아무것도 먹지 않는데, 그가 그렇게 많이 먹기 때문에 최소한 나라도 예의를 차리려고 최대한 먹는 것을 자제한다. 삼십 분이 지나서 내가 분위기에 서서히 적응하고 편안해지려고 하면 그는 조급해하며 나를 끌고 나간다.

나는 춤을 출 줄 모른다. 그는 잘 춘다.

나는 타자를 치지 못한다. 그는 잘한다.

나는 운전을 할 줄 모른다. 내가 그에게 나도 운전면허를 따고 싶다고 말하면 그는 싫어한다. 나는 절대 운전을 하지 못할 거라고 말한다. 내가 여러모로 자신에게 의지하는 것을 좋아하는 것 같다.

나는 노래를 못한다. 그는 잘한다. 그는 바리톤이다. 성악을 공부했으면 아마 유명한 성악가가 되었을 것이다.

음악을 공부했더라면 오케스트라 지휘자가 되었을 것이다. 클래식 음악을 들을 때 그는 연필로 오케스트라를 지휘한다. 그는 타자를 치며 전화를 받는다. 그는 동시에 여러 가지 일을 할 줄 아는 남자다.

그는 교수다. 학생들도 잘 가르칠 거라고 생각한다.

그는 다양한 직업을 가질 수 있었다. 하지만 그는 자신이 하지 못한 일을 절대 애석해하지 않는다. 내가 할 수 있는 일은 딱 하나뿐이다. 어린 시절 선택했고 그때부터 하는 일이다. 나 역시 내가 하지 못한 일을 절대 애석해하지 않는다. 하지만 나는 내가 하는 일 말고 다른 일은 하나도 해내지 못했을 것이다.

나는 소설을 쓴다. 그리고 출판사에서 아주 오래 일했다.

출판사 일을 못하지는 않았으나 그렇다고 특별히 잘하지도 못했다. 그렇지만 내가 출판사가 아닌 다른 어떤 곳에서도 그처럼 일하지 못했으리라는 것은 잘 알았다. 나는 직장 동료들과 상사와 우호적인 관계를 유지했다. 친구 같은 그들이 없었다면 나는 곧 용기를 잃고 더 이상 일을 하지 못했을 것이다.

나는 어느 날엔가 영화 시나리오를 쓰겠다는 꿈을 오랫동안 키워왔다. 하지만 기회가 없었다. 아니, 기회를 찾을 줄 몰랐다. 지금은 시나리오를 쓴다는 희망을 잃어버렸다. 그는 예전에, 젊은 시절에 시나리오 작업을 했다. 그역시 출판사에서 일했다. 그는 소설을 썼다. 그는 나와 똑같은 일을 했고 다른 일들도 아주 많이 했다.

그는 사람들 흉내를 잘 내는데 그중에서도 노백작 부인흉내는 최고다. 아마 배우를 했어도 잘했을 것이다.

한번은 그가 런던의 극장에서 노래를 했다. 그는 욥이었다. 그는 연미복을 빌려야만 했다. 그는 연미복을 입고보면대 비슷한 것 앞에 서서 노래를 불렀다. 욥의 말들을노래했는데 읊조림과 노래 중간쯤 되었다. 관람석에 앉은나는 그가 실수를 하는 게 아닐지, 혹시 연미복 바지가 흘러내리지는 않을지 걱정되어 죽을 것만 같았다.

그는 연미복을 입은 신사와 드레스를 입은 부인들에게둘러싸여 있었다. 그들은 천사와 악마와 욥기에 등장하는다른 인물들이었다.

공연은 대성공이었고 그는 아주 훌륭했다는 찬사를 받았다.

내가 음악을 사랑했더라면 아주 열정적으로 사랑했을것이다. 하지만 나는 음악을 모른다. 가끔 어쩔 수 없이그를 따라 연주회장에 가면 주의를 집중하지 못하고 내

일을 생각한다. 아니면 깊은 잠에 빠지고 만다.

나는 노래 부르는 것을 좋아한다. 사실 심한 음치다. 그래도 가끔 혼자 있을 때 아주 조그맣게 노래를 부른다. 나는 다른 사람들이 말해줘서 내가 음치라는 것을 안다. 내 목소리는 고양이 우는 소리 같을 게 틀림없다. 하지만 나는 그런 걸 알아차리지 못한다. 나는 노래를 부를 때 진짜 즐겁다. 그가 내 노래를 듣는다면 흉내를 낼 것이다. 그는 내 노래는 음악과는 별개인 무엇, 내가 지어낸 어떤 것이라고 말한다.

어렸을 때 내가 지어낸 멜로디를 흥얼거렸다. 그것은 길고 느리고 구슬픈 멜로디로, 부르다보면 눈물이 저절로 났다.

나는 회화나 조형예술을 모르지만 상관없다. 하지만 음악을 사랑하지 않아서 고통스럽다. 음악을 사랑하지 않아서 내 영혼이 고통받는 느낌이 든다. 그래도 어찌할 방법이 없다. 음악을 이해하지 못하면 절대 사랑하지 못할 게 분명하다. 가끔 내가 좋아하는 음악을 들어도 그 음악을 기억하지 못한다. 그러니 기억하지 못하는 것을 어떻게 사랑할 수 있겠는가?

어떤 노래와 그 가사를 기억한다. 내가 좋아하는 가사

를 몇 번이고 읊조릴 수 있다. 가사와 함께 멜로디도 내 식으로, 고양이 울음소리로 반복한다. 그렇게 가르랑거리며 노래를 부르다보면 행복해진다.

글을 쓸 때 어떤 음악의 박자와 리듬을 따르는 기분이 든다. 아마 음악은 나의 세계에 아주 가까이 있었는데 내 세계가 무슨 이유에서인지 모르지만 그것을 받아들이지 않았던 모양이다.

우리 집은 하루 종일 음악이 흐른다. 그가 하루 종일 라디오를 켜놓거나 음반을 틀어놓는다. 나는 이따금 살짝 항의도 하고 조용히 일을 하게 음악을 꺼달라고도 부탁한다. 그러면 그는 아름다운 음악은 어떤 일에든 유익하다고 말한다.

그는 믿기지 않을 정도로 많은 음반을 구입한다. 그는 자신이 소장한 음반들이 세상에서 제일 멋진 컬렉션 중 하나라고 말한다.

그는 아침이면 목욕 가운을 입고 물을 뚝뚝 떨어뜨리며 라디오를 켜고 타자기 앞에 앉아 활기차고 폭풍 같고 떠들썩한 하루를 시작한다.

그에게는 모든 게 다 넘친다. 욕조에 물을 넘치도록 가득 채우고 찻주전자와 찻잔이 찰랑찰랑할 정도로 차를 가득 담는다. 그는 셔츠와 넥타이가 셀 수 없이 많다. 대신 신발은 거의 사지 않는다.

그의 어머니 말에 따르자면 그는 어릴 때부터 모범이 될 정도로 정리 정돈을 잘했고 정확하게 행동했다고 한다. 한번은 시골에서 비가 오는 날 흰옷을 입고 흰색 장화를 신고 진흙탕인 개울을 몇 번 건너야 했는데, 그 길을 다 지났을 때 그의 옷과 장화에 진흙이 하나도 튀지 않고 깨끗했다고 한다. 지금은 예전의 그 깨끗하던 어린아이의 모습은 흔적조차 찾기 힘들다. 그의 옷에는 얼룩이 없는 날이 드물다. 그는 몹시 지저분해졌다.

그러나 가스비 영수증은 꼼꼼하게 보관한다. 서랍에서 아주 오래전의 가스비 영수증이나 오래전 묵었던 숙소 영수증이 발견된다. 그는 그것을 버리려 하지 않는다.

너무 오래돼서 쭈글쭈글해진 토스카나산 시가와 체리나무로 만든 물부리가 나오기도 한다.

나는 길고 필터가 없는 담배 '스톱'을 피운다. 그는 가끔 그 토스카나 시가를 피운다.

나는 정리 정돈에 소질이 없다. 그러나 나이가 들면서 정리된 상태가 그리워졌다. 그래서 종종 열심히 옷장들을 다시 정리한다. 내 기억에 어머니가 그랬던 것 같다.

속옷, 식탁보들을 보관한 옷장과 찬장을 정리하고 여름이면 하얀 천으로 서랍을 덮는다. 원고지를 정리하는 일은 드문데 어머니는 글을 쓰지 않아서 원고지가 없었기 때문이다. 내가 정리를 할 때나 어수선하게 지낼 때, 나는 후회와 가책으로 뒤얽힌 감정을 느낀다. 그는 무질서에 당당하다. 그는 자신같이 연구를 하는 사람의 책상은 어지럽혀져 있는 게 합당하다고 생각하기로 작정했다.

그는 나의 우유부단함, 자신 없는 행동, 죄책감을 극복할 수 있게끔 도와주지 않는다. 그는 나의 사소한 행동에도 웃음을 터뜨리며 날 놀리곤 한다. 내가 장을 보러 가면 그는 가끔 숨어서 나를 미행한다. 그는 내가 특이하게 장을 본다고 비웃는다. 내가 시장에서 제일 싱싱하지 않은 오렌지를 조심스럽게 골라서 손으로 무게를 재본다고 한다. 시장을 보는 데 한 시간이나 걸리고 이 가판대에서 양파를, 다른 데서 셀러리를, 또 다른 데서 과일을 샀다고 놀린다. 가끔 어떻게 해야 장을 빨리 보는지 내게 보여주려고 직접 장을 본다. 그는 한 가판대에서 망설임 없이 모든 것을 다 구입한다. 그리고 집까지 그 바구니를 배달시킨다. 그는 셀러리를 끔찍하게 싫어해서 셀러리는 사지 않는다.

그렇게 해서 나는 그 어느 때보다 더 내가 하는 일마다 실수를 한다는 의심을 하게 된다. 하지만 한 번이라도 그의 실수를 발견하면 나는 그가 화를 낼 때까지 계속 그 이야기를 한다. 때때로 내가 몹시 따분하기 때문이다.

그의 분노는 갑작스럽게 폭발하고 맥주 거품처럼 흘러넘친다. 나의 분노도 갑자기 폭발한다. 그러나 그의 분노가 금방 가라앉는 반면 내 분노는 비탄이 섞여 있고 집요하고, 내가 생각해도 몹시 짜증스러울 정도로 뒤끝이 길다. 분노의 소리는 불만 많은 고양이 울음소리 같기도 하다.

더러는 회오리처럼 몰아치는 그의 분노 때문에 눈물을 흘린다. 눈물은 그의 마음을 움직이거나 진정시키는 게 아니라 분노에 부채질하고 만다. 그는 내가 완전히 연기를 한다고 말한다. 어쩌면 그럴지도 모른다. 분노하는 그 앞에서 눈물을 흘리면서도 나는 더없이 침착하기 때문이다.

나는 진짜 고통스러울 때는 절대로 눈물을 흘리지 않는다.

예전에는 분노했을 때 접시나 그릇들을 바닥에 던지곤 했다. 그러나 지금은 그러지 않는다. 나이가 들어서일 수도 있고 내 분노가 그때보다 격렬하지 않기 때문일 수도 있다. 그리고 또 지금은 어느 날 런던의 포토벨로가에서 산, 내가 너무나 아끼는 우리의 접시에 함부로 손을 댈 수 없기 때문이기도 하다.

그는 이 접시나 우리가 구입한 다른 많은 물건의 가격을 실제보다 훨씬 싸게 기억한다.

지출을 많이 하지 않고 싸게 거래했다고 생각하기를 좋아해서다. 나는 그 접시 세트 가격을 잘 안다. 16파운드였는데 그는 12파운드였다고 말한다. 우리 식당에 걸린 리어왕 그림도 마찬가지다. 그가 역시 포토벨로가에서 사서 양파와 감자로 닦아낸 그림이다. 지금 그는 얼마에 샀다고 말하지만 내 기억에는 훨씬 큰 액수를 지불했다.

그는 몇 년 전 스탄다르드◆에서 침대 옆에 까는 러그 열두 개를 샀다. 그는 싸기 때문에 미리 비축해두는 게 좋겠다고 생각했다. 내가 집에 쓸 물건을 사는 데 영 소질이 없다고 생각했기 때문에 일부러 그것들을 샀다. 적포도주색의 그 러그들은 시체처럼 뻣뻣해져서 금방 애물단지가 됐다. 나는 부엌 발코니의 철사 빨랫줄에 매달려 있는 그것들을 소름 끼치게 싫어했다. 나는 나쁜 소비의 예

● 1931년 설립되어 2010년 문을 닫은 이탈리아의 체인 슈퍼마켓. 중저가 생활용품이나 의류도 판매했다.

로 들며 그를 비난하곤 했다. 하지만 그는 돈이 조금밖에, 아주 조금밖에, 아니 거의 들지 않았다고 말했다. 그것들을 다 버릴 때까지 시간이 꽤 걸렸다. 너무 여러 개인 데다가 버리는 순간까지 걸레로 쓸 수 있을지도 모른다는 생각에 망설였기 때문이다. 그와 나는 물건을 잘 버리지 못한다. 내 안에는 뭔가를 보관하는 유대인의 정신이 남아 있는 게 틀림없고, 또 극도로 우유부단한 성격 탓도 있다. 그는 절약 정신의 부족과 충동성을 그런 형태로 방어하는 게 분명하다.

그는 식용 소다와 아스피린을 대량으로 구입한다.

그는 이따금 정체불명의 병에 걸려 아파한다. 그는 어디가 불편한지 설명을 하지 못한다. 이불을 뒤집어쓰고 하루 종일 침대에만 누워 있다. 그의 턱수염과 빨간 코끝만 보인다. 그럴 때면 식용 소다와 아스피린을 과다 복용한다. 그는 내가 자신을 이해할 수 없을 거라고 말한다. 나는 항상 건강하고 바람이 불거나 날이 궂을 때 돌아다녀도 건강에 아무 걱정이 없는 튼튼한 수도사들 같으니까 말이다. 대신 자신은 예민하고 허약해서 불가사의한 병으로 고통받는다는 것이다. 그러다가 저녁이면 회복되어서 파스타를 만들러 부엌으로 간다.

그는 젊은 시절 호리호리한 몸에 잘생긴 청년이었다. 그때는 턱수염이 아니라 길고 부드러운 콧수염을 기르고 있었다. 영국 배우 로버트 도냇과 비슷했다. 거의 20여 년 전 내가 그와 처음 만났을 때도 그랬다. 지금도 기억나는데 그는 그때 세련된 체크무늬 플란넬 셔츠를 주로 입었다. 그가 어느 날 저녁, 당시 내가 살던 하숙집까지 나를 바래다주었던 기억이 난다. 우리는 나치오날레가를 함께 걸었다. 나는 이미 늙었으며 많은 경험과 실수를 했다는 생각이 들었다. 그는 나와는 수백 년 정도 떨어져 있는 소년 같았다. 그날 밤 나치오날레가를 걸으며 무슨 이야기를 나누었는지 기억이 나지 않는다. 아마 특별히 중요한 이야기는 아니었을 것이다. 우리가 어느 날 부부가 되리라는 생각은 꿈에도 하지 않았다. 그 후 연락이 끊겼다. 우리가 다시 만났을 때 그는 로버트 도냇보다는 발자크와 더 비슷해 보였다. 우리가 다시 만났을 때 그는 여전히 체크무늬 셔츠를 입고 있었지만 이제 그 옷은 극지 탐험을 떠나기 위해 입은 것처럼 보였다. 그는 이제 턱수염을 기르고 구겨진 낡은 모직 모자를 쓰고 있었다. 그의 모든 게 북극으로 출발할 날이 얼마 남지 않았다는 생각을 하게 했다. 그는 늘 더위를 타면서도 눈과 얼음과 흰곰들에게

둘러싸인 것처럼 옷을 입는다. 아니면 브라질에서 커피를 재배하는 사람 같은 차림인데, 어쨌든 항상 여느 사람과는 다르게 옷을 입곤 한다.

내가 그 옛날 나치오날레가의 산책을 그에게 상기시키면, 그는 기억한다고 말하지만 나는 그가 거짓말을 하고 있다는 걸 안다. 그는 완전히 다 잊었다. 그래서 나는 가끔 우리 두 사람이 20여 년 전 나치오날레가를 걷던 그 사람들이 맞는지 자문한다. 석양이 질 무렵에 그렇게 정중하고 도회적으로 대화를 나눴던 두 사람. 모든 것에 대해, 어쩌면 아무것도 아닌 것에 대해 이야기를 나눴던 두 사람. 대화를 사랑하던 두 사람. 산책을 하던 지적인 두 사람. 젊고 교양 있고 부주의하고 서로를 대충 호의적으로 평가할 준비가 된 두 사람. 석양이 질 무렵, 길모퉁이에서 영원히 서로와 헤어질 준비가 되어 있던 두 사람이 맞는지를.

제2부

인간의 자식

전쟁이 일어났고 사람들은 수많은 집이 무너지는 것을 목격했다. 그래서 지금은 자신의 집에 있어도 예전처럼 편안하거나 안전하다는 기분을 느끼지 않는다. 어떤 상처는 치유되지 않는다. 그래서 세월이 흘러도 우리는 절대 회복되지 않을 것이다. 아마 테이블 위에 다시 전기스탠드와 꽃병과 우리가 사랑하는 사람들의 초상화가 놓이겠지만 우리는 더 이상 그런 것들을 믿지 않는다. 예전에 우리는 갑자기 그런 것들을 두고 떠나야 했고 잔해 속에서 찾아봤지만 무엇 하나 찾지 못했다.

우리가 겪은 20년의 세월이 20년이 지나면 치유될 거라고 믿는 것은 부질없는 짓이다. 우리 중 박해를 받았던 사람은 결코 평화를 찾지 못할 것이다. 한밤에 초인종이 울리면 우리는 '경찰'이라는 단어밖에 떠올리지 못한다. 지금은 경찰이라는 말 뒤에 우리가 보호와 도움을 청할 수 있는 친근한 얼굴이 있을지도 모른다고, 우리에게 되풀이해서 말해도 소용없다. 그 단어는 우리에게 불신과 두려움을 불러일으킬 뿐이다. 잠자는 아이들을 보면 한밤에 아이들을 깨워 도망치지 않아도 된다는 생각에 안도한다. 그러나 완전히, 마음속 깊이 안도하는 것은 아니다. 언젠가 다시 한밤에 일어나서 아늑한 방과 편지와 기념품과 옷 들을 고스란히 남겨둔 채 도망쳐야 할지도 모른다.

악을 한번 경험한 사람은 절대 그것을 잊지 못한다. 집이 무너지는 것을 본 사람은 꽃병, 그림, 하얀 벽이 얼마나 불안정한 소유물인지 안다. 분명히 안다. 그는 집이 무엇으로 이루어졌는지 아주 잘 안다. 집은 벽돌과 석회로 만들어져 언제고 무너질 수 있다. 집은 그다지 견고하지 않다. 언제든지 무너질 수 있다. 평화로운 꽃병, 찻주전자, 카펫, 왁스를 칠해 반짝반짝 광을 낸 바닥 뒤에 집의 진짜 얼굴, 무너진 집의 잔인한 얼굴이 있다.

우리는 이 전쟁의 상처를 치유하지 못할 것이다. 애를 써도 소용없다. 다시는 평화로운 사람으로 돌아가지 못하리라. 생각하고 공부하고 우리의 삶을 평온하게 가꾸어가는 사람으로 돌아가기 힘들 것이다. 우리의 집에 무슨 일이 있었는지 보라. 우리에게 무슨 일이 있었는지 보라. 더이상 차분한 삶을 영위하지 못할 것이다.

우리는 현실의 가장 어두운 얼굴을 보았다. 우리는 이제 그것에 혐오감을 느끼지 않는다. 작가들이 통렬하고 폭력적인 언어를 사용해서 가혹하고 슬픈 일들을 이야기하고, 가장 암울한 언어로 현실을 표현한다고 불평하는 사람들이 아직도 있다.

우리는 우리가 쓰는 글에서 거짓말을 할 수 없고 우리가 하는 어떤 일에서도 거짓말을 할 수 없다. 어쩌면 이것이 전쟁에서 우리가 얻은 단 하나의 좋은 점일지도 모른다. 거짓말을 하지 말라. 그리고 다른 사람의 거짓말을 참지 말라. 지금 우리 젊은이들은 그렇게 한다. 이게 우리 세대의 모습이다. 우리보다 더 나이가 많은 사람들은 아직도 거짓말을, 현실을 가리는 베일과 가면을 너무나 사랑한다. 우리의 언어는 그들을 슬프게 하고 불쾌하게 만든다. 그들은 현실에 대한 우리의 태도를 이해하지 못한다. 우리는 모든 일의 실체에 접근해 있다. 전쟁이 우리에게 준 단 하나의 긍정적인 면은 우리 젊은이들에게만 해당되었다. 더 나이가 많은 사람에게는 불안과 공포만을 심어주었다. 우리 젊은이들도 두렵다. 우리 역시 집 안에서도 불안감을 느낀다. 그러나 우리는 이런 두려움 앞에서 무기력하지 않다. 우리는 이전 세대가 알지 못했던 종류의 강인함과 힘을 가지고 있다.

어떤 사람들에게 전쟁은 다만 전쟁과 함께, 무너진 집과 함께, 독일군과 함께 시작된 반면 다른 사람들에게는 그 이전에, 파시즘 초기에 시작되었다. 그래서 그들은 아직도 그때 못지않게 불안해하며 지속적인 위험을 느낀다. 우리 중 많은 이는 이미 오래전부터 위험을 감지했으며 갑자기 따뜻한 침대와 집을 떠나 피신해야 할지도 모른다는 사실을 직감했다. 그것은 젊은이들의 여가 활동에도 스며들었고 학교의 책상까지 따라갔으며 우리에게 도처에서 적을 알아보는 법을 가르쳤다. 이탈리아를 비롯해 다른 곳에 사는 우리 대다수는 그랬다. 그러면서 어느 날엔가 우리 도시의 거리를 평화롭게 걸을 수 있을 거라고 믿었다. 하지만 어쩌면 평화롭게 걸을 수 있을지도 모를 오늘, 우리는 그 고통에서 벗어나지 못했다는 것을 깨닫는다. 그래서 우리는 항상 새로운 힘을, 어떤 현실에도 대응할 수 있는 새로운 강인함을 찾아야만 한다. 우리는 카펫과 꽃병에서 나오는 평화가 아닌 내적인 평화를 추구해야 한다.

인간의 자식들에게 평화는 없다. 여우와 늑대들은 자신들의 굴을 가지고 있지만 인간의 자식은 머리를 둘 곳이 없다. 우리 세대는 인간들의 세대다. 여우와 늑대의 세대가 아니다. 우리는 모두 어느 곳엔가 머리를 두길 간절히 바라며 작고 따뜻하고 눅눅하지 않은 굴을 갖고 싶어 한다. 그러나 인간의 자식들을 위한 평화는 없다. 우리는 모두 살면서 한 번쯤은 뭔가에 기대 잠들 수 있으며 어떤 확신과 믿음을 가질 수 있고 팔다리를 쉴 수 있으리라는 착각을 해본 적이 있다. 그러나 그때 가졌던 모든 확신은 빼앗겨버렸고 그 믿음은 잠을 청할 수 있는 뭔가가 절대 되어주지 못한다.

그리고 우리는 이미 눈물이 말라버린 사람들이다. 우리 부모가 감동했던 것에 우리는 전혀 감동하지 않는다. 우리 부모와 우리보다 나이가 더 많은 사람들은 우리가 아이들을 양육하는 방식을 나무란다. 그들은 자신들이 우리에게 했듯이 우리가 아이들에게 거짓말하기를 바란다. 그들은 우리 아이들이 벽에 나무와 토끼가 그려져 있고 온통 분홍색으로 장식한 예쁜 방에서 봉제 인형을 가지고 놀기를 바란다. 그들은 우리가 아이들의 어린 시절을 베일과 거짓으로 감싸고, 현실의 진정한 실체를 아이들에게 조심스럽게 감춰주길 바란다. 하지만 우리는 그럴 수 없다. 우리는 도망을 가거나 피신을 해야 해서, 또는 하늘을 찢을 듯한 요란한 공습 사이렌 소리 때문에 한밤중에 어둠 속에서 떨리는 손으로 옷을 입혔던 아이들에게 그럴 수 없다. 우리 얼굴에서 두려움과 공포를 보았던 아이들에게 그럴 수 없다. 이 아이들에게 양배추밭에서 데려왔다거나 죽은 사람을 가리킬 때 그 사람이 긴 여행을 떠난 거라는 이야기를 들려줄 수 없다.

우리와 이전 세대 사이에는 건널 수 없는 심연이 놓여 있다. 그들이 겪은 위험은 사소한 것들이었으며 그들의 집이 무너지는 일은 거의 없었다. 지진과 화재는 지속적으로 모두에게 일어나는 일은 아니었다. 여자들은 뜨개질을 하고 요리사에게 점심 준비를 시키고 친구들을 무너지지 않은 집에 초대했다. 모두 사색하고 공부하고 자신의 삶을 평화롭게 가꾸어나가길 기대했다. 그때는 다른 시대였고 아마 그 나름대로 좋았을 것이다. 하지만 우리는 고뇌의 끈을 끊어버리지 못한다. 그래도 궁극적으로는 인간으로서의 우리 운명에 만족한다.

나의 일

나의 일은 글을 쓰는 것이다. 나는 그걸 오래전부터 잘 알고 있다. 내 말을 오해하지 않길 바란다. 나는 내가 쓸 수 있는 글의 가치에 대해 아무것도 모른다. 내가 아는 건 글을 쓰는 게 내 일이라는 사실이다. 글을 쓰기 시작하면 편안함을 느끼며 내가 특히 잘 아는 것 같은 본래의 영역 안에서 움직인다. 내가 잘 알고 친숙한 도구들을 사용하는데 그것들이 내 손에 딱 맞는 게 느껴진다. 다른 일을 한다면, 가령 외국어를 공부하거나 역사나 지리나 속기를 배워보려 하거나 대중 앞에서 말을 하거나 뜨개질을 하거나 여행을 떠나려고 한다면 나는 괴로워하며 다른 사람들은 그런 일을 어떻게 하는지 끊임없이 궁금해했을 것이다. 그런 일들에 딱 맞는 좋은 방법이 틀림없이 있는데 다른 이들은 모두 알고 나만 모르는 것 같다는 생각이 항상 머리에 맴돈다. 나는 귀가 먹고 눈이 보이지 않는 기분이며 속에서 구토 같은 게 올라온다. 하지만 글을 쓸 때는 다른 작가들에게 더 좋은 방법이 있을지도 모른다는 생각은 절대 하지 않는다. 다른 작가들이 어떻게 쓰는지는 내게 중요하지 않다. 참고로 나는 소설만 쓸 수 있다. 비평적 에세이나 의뢰받은 신문 칼럼을 쓰려고 하면 제대로 쓰지 못한다. 그런 글을 쓸 때는 내가 쓸 글이 나의 외부에 있기라도 하듯 힘들게 그것을 찾아야 한다. 외국어를 공부하거나 대중 앞에서 이야기하는 것보다 잘할 수 있지만 그저 조금 더 그럴 뿐이다. 그리고 나는 항상 여기저기서 빌리거나 훔친 말로 독자를 속인다는 느낌을 받는다. 나는 고통스럽고 추방당한 기분이다. 대신 이야기를 쓸 때는 자신의 나라에, 어린 시절부터 잘 알던 거리에, 자신의 것이기도 한 담벼락과 나무들 사이에 있는 사람이 된 기분이다. 나의 일은 이야기를 지어내거나 내가 기억하는 내 삶의 이야기를 쓰는 것이다. 어쨌든 지식이 아니라 기억과 상상력이 중요하다. 이게 내 천직이고 죽을 때까지 이 일을 할 것이다. 나는 이 일에 아주 만족하고 세상 무엇과도 바꾸지 않을 것이다. 나는 이 일이 내 천직이라는 것을 아주 오래전에 알았다. 다섯 살에서 열 살이 될 때까지는 이 일에 대해 아직은 의심했었고, 그림을 그리거나 말을 타고 여러 나라를 정복하거나 아주 중요한 새로운 기계를 발명하는 상상을 조금씩 하곤 했다. 그러나 열 살 이후로는 내 천직을 알았다. 나는 소설과 시를 쓰는 데 최선을 다했다. 아직도 그때 쓴 시들을 가지고 있다. 초기에 쓴 시들은 서툴고 운율도 맞지 않았지만 꽤 재미있었다. 반면 서서히 시간이 흐르면서 전보다는 덜 서투르지만 훨씬 더 따분하고 바보 같은 시들을 썼다. 하지만 나는 그 사실을 몰랐고 서투른 시가 부끄러웠다. 대신 바보 같지만 그다지 서투르지 않은 시는 매우 아름다워 보여서, 어느 날엔가 어떤 유명한 시인이 그 시를 발견해서 출판하게끔 도와주고 나에 대한 긴 추천사를 써줄 거라고 항상 생각했다. 추천사에 들어갈 단어와 문장들을 상상해보았고 마음속으로 그 글을 완벽하게 써보기도 했다. 프라키아상을 수상하는 상상도 해보았다. 이 상이 작가들에게 주는 상이라는 이야기를 들었다. 당시에는 유명한 시인을 전혀 알지 못해서 내 시를 책으로 출간할 수 없었기 때문에 공책에 정성스레 옮겨 적고 표지에 작은 꽃들을 그리고 목차 등을 만들었다. 시를 쓰는 게 매우 쉬웠다. 거의 하루에 한 편씩 썼다. 시를 쓰고 싶지 않을 때는 파스콜리,* 고차노,** 코라치니***의 시를 읽기만 하면 곧 다시 시를 쓰고 싶어진다는 사실을 알아차렸다. 파스콜리와 고차노, 그리고 코라치니의 시를 모방한 시가 탄생했고 단눈치오****를 알게 된 후에는 단눈치오와 아주 비슷한 시를 썼다. 그러나 평생 시를 쓸 생각은 없었고 조만간 소설을 쓰고 싶었다. 그 무렵 서너 편의 소설을 썼다. 그중 한 편은 〈마리온 또는 집시 소녀〉였고 유머러스한 탐정소설이었던 〈몰리와 돌리〉도 있었으며 또 하나는 〈한 여자〉가 있었다. 단눈치오의 영향이 느껴지는 이인칭 소설이며 남편에게 버림받은 여자의 이야기다. 흑인 요리사도 등장했던 걸로 기억한다. 그리고 나머지 한 편은 아주 길고 복잡한 이야기로, 납치된 소녀와 마차가 등장하는 끔찍한 이야기였는데, 집에 혼자 있을 때는 그 글을 쓰는 게 겁날

● 이탈리아의 시인인 조반니 파스콜리(1855~1912). 주위 현실의 사소한 일들로 소박한 감정과 정서를 표현하는 시를 썼다.

●● 이탈리아의 시인인 구이도 고차노(1883~1916). 일상적인 언어로 소시민의 소박한 감정을 표현하는 시를 썼다.

●●● 이탈리아의 시인인 세르조 코라치니(1886~1907). 일상적이고 작은 사물들로 눈을 돌리고 우울에 초점을 맞춘 시를 썼다.

●●●● 이탈리아의 시인, 소설가, 극작가인 가브리엘레 단눈치오(1863~1938). 유미주의적인 시를 썼다.

정도였다. 내용은 하나도 기억나지 않는다. 내가 너무나 좋아했고, 그것을 쓰며 눈물을 흘렸던 문장 하나만 떠오를 뿐이다. "그가 말했다. '아! 이사벨라가 떠나가는구나.'" 이 장은 이 문장으로 끝났는데, 이사벨라를 사랑했지만 그것을 알지 못했고 스스로에게조차 아직 솔직히 털어놓지 못한 남자가 한 말이기에 아주 중요했다. 그 남자도 전혀 기억나지 않는다. 붉은색의 턱수염을 길렀던 것 같고 이사벨라는 푸른 빛이 감도는 검은색의 긴 머리를 가지고 있었다. 다른 것은 모른다. 오랫동안 혼자 "아! 이사벨라가 떠나가는구나"라고 말할 때마다 기쁨으로 전율했던 것만 기억난다. 나는 《스탐파》에 연재한 소설에서 발견한 문장도 자주 반복하곤 했다. 이런 문장이었다. "질론네를 죽인 살인자, 내 아이를 어디 두었어?" 소설을 쓸 때는 시를 쓸 때 느꼈던 만큼의 확신이 없었다. 다시 읽어보면 언제나 취약한 부분, 모든 것을 망쳐놓지만 수정이 불가능한 잘못된 뭔가를 발견했다. 게다가 나는 현재와 과거를 조금씩 뒤섞어 엉망으로 만들었고 이야기를 제 시대에 잘 배치하지 못했다. 어떤 부분에서는 수도원과 마차가 등장했고, 프랑스 혁명 당시의 분위기가 물씬 났으며, 어떤 곳에서는 경찰봉을 든 경찰이 등장하기도 했다. 그러다가 카롤라 프로스페리의• 소설에서처럼 재봉틀이 있고 고양이들을 키우는 회색 옷차림의 자그마한 중산층 여자가 갑자기 나타났다. 그녀는 마차와 수도원과는 전혀 어울리지 않았다. 나는 카롤라 프로스페리와 빅토르 위고와 닉 카터••의 이야기 사이를 헤맸다. 나는 무엇을 하고 싶은지 잘 몰랐다. 나는 애니 비반티•••도 아주 좋아했다. 《대식가들》의 한 문장이 있는데, 그녀가 낯선 사람에게 보내는 편지에서 이렇게 말한다. "난 갈색 옷을 입었어요." 이 문장 역시 오랫동안 혼자 되뇌었다. 낮에 혼자 내가 너무나 좋아하는 이런 문장들을 중얼거리곤 했다. "질론네를 죽인 살인자." "이사벨라가 떠나가는구나." "난 갈색 옷을 입었어요." 그러면 나는 한없이 행복했다. 시를 쓰는 건 쉬웠다. 나는 내 시가 아주 마음에 들었고 거의 완벽해 보였다. 내 시와 진짜 시인들이 써서 출간된 진짜 시들 사이에 어떤 차이가 있는지 이해하지 못했다. 오빠들에게 시를

● 이탈리아의 소설가이자 저널리스트인 카롤라 프로스페리(1883~1981).

●● 니컬러스 카터 소설에 등장하는 탐정. 니컬러스 카터는 미국의 여러 소설가들이 사용한 필명이다.

●●● 영국에서 태어난 이탈리아계 소설가인 애니 비반티(1866~1942). 영국과 이탈리아에서 활동했다.

읽어보라고 주면 오빠들이 킥킥대며 시를 쓸 시간에 차라리 그리스어 공부를 하는 게 낫겠다고 말하는 이유를 알지 못했다. 나는 오빠들이 시를 전혀 이해하지 못할지도 모른다고 생각했다. 그사이 나는 학교에 가야 했고, 그리스어, 라틴어, 수학, 역사를 공부해야 했다. 나는 몹시 괴로웠고 유형 생활을 하는 기분이었다. 하루 종일 시를 쓰고 공책에 다시 베꼈다. 학교 공부는 하지 않았다. 공부를 하지 않았기 때문에 아침 5시에 자명종을 맞춰놓았다. 자명종이 울렸지만 난 일어나지 않았다. 7시에 일어났을 때는 공부할 시간이 없었고 학교 갈 옷을 입어야 했다. 나는 행복하지 않았고 항상 끔찍하게 두려웠으며 죄책감과 혼란스러움에 시달렸다. 학교에서는 라틴어 시간에 역사를 공부했고 역사 시간에는 그리스어를 공부했다. 언제나 그런 식이어서 나는 배운 게 하나도 없었다. 꽤 오랫동안 나는 내 시가 너무 아름다워서 그럴 만한 가치가 있다고 생각했다. 그런데 어느 순간 내 시가 그렇게 아름답지 않을 수 있다는 의심이 들기 시작했다. 시를 쓰는 게 지루해졌고 주제를 찾는 것도 힘들었다. 쓸 만한 주제들이 바닥났고 희망과 아득함, 생각과 신비, 바람과 은빛, 향기와 희망 같이 운율이 맞는 적절한 단어를 다 사용한 기분이었다.

시에서 할 말을 찾지 못했다. 그래서 아주 우울한 시기가 시작되었다. 나는 아무런 기쁨도 주지 않는 단어들을 만지작거리고 학교 공부 때문에 죄책감과 수치심을 느끼며 오후를 보냈다. 내 선택이 잘못되었다는 생각은 추호도 하지 않았다. 나는 글을 쓰고 싶었다. 다만 갑자기 일상이 그렇게 메말라가고 시어가 빈약해지는 이유를 알지 못했을 뿐이다.

내가 처음으로 진지하게 쓴 것은 단편소설이었다. 대여섯 페이지 정도 되는 짧은 이야기였다. 어느 날 저녁 기적처럼 내게서 글이 나왔다. 잠자리에 들었을 때 나는 피곤하고 멍했으며 어리둥절했다. 내가 쓴 것 중 처음으로 진지한 작품이라는 느낌이 들었다. 젊은 여자들과 마차가 등장하는 시와 소설이 갑자기 아주 멀게 느껴져 영원히 사라진 시대의 일 같았고 그 속의 인물들은 다른 시대에 사는 순진하고 우스꽝스러운 인물 같았다. 이 새로운 단편에는 새 등장인물들이 있었다. 이사벨라와 붉은 수염의 남자는 더 이상 등장하지 않았다. 내가 두 사람에 관해 썼던 문장과 단어 이외에 그들에 대해 아는 것은 전혀 없었다. 그 인물들을 탄생시킨 건 우연과 나의 영감이었다. 내가 등장인물에 사용했던 단어와 문장들은 우연히 선택한 것이었다. 마치 내게 큰 자루가 있어 그 안에서 어떨 때는 턱수염을, 어떨 때는 흑인 요리사를, 그도 아니면 필요한 다른 뭔가를 되는대로 꺼내는 것 같았다. 하지만 이번에는 장난이 아니었다. 이번에 나는 바꿀 수 없는 이름을 가진 인물들을 창조했다. 이름만이 아니라 내가 바꿀 수 있는 건 전혀 없었고 그들에 관한 세세한 사항들을 다 알고 있었다. 나는 내 이야기에 등장하는 날까지 그들의 삶이 어땠는지를 알고 있었다. 필요하지 않아 이야기에서 언급하지는 않았지만 말이다. 그리고 집과 다리와 달과 강에 대해 전부 알았다. 그때 나는 열일곱 살이었는데 라틴어, 그리스어, 수학 과목에서 낙제했다. 그 사실을 알고 많이 울었다. 하지만 단편소설을 쓰고 나니 조금 덜 부끄러웠다. 여름이었다. 여름밤이었다. 창문은 정원을 향해 열려 있었고 밤나방들이 전등 주위를 날아다녔다. 나는 모눈종이에 내 이야기를 썼는데 그때까지 살면서 한 번도 느껴보지 못한 행복을 느꼈고 생각과 말들로 부자가 된 기분이었다. 남자 이름은 마우리치오였고 여자는 안나였으며 아이는 빌리였다. 다리도 달도 강도 등장했다. 이런 것들이 모두 내 안에 있었다. 남자와 여자는 선하지도 악하지도 않았으나 코믹했고 약간 비참했다. 그러니까 소설 속인물들은 코믹하면서도 비참해야 한다는 걸 발견한 것 같았다. 그 단편소설은 여러모로 아름다워 보였다. 실수도 없었고 모든 일은 제때에, 적절한 순간에 일어났다. 이제 나는 수백만 편의 단편소설을 너끈히 쓸 수 있을 것만 같았다.

그리고 정말 한 달이나 두 달 간격으로 많은 글을 썼다. 어떤 것은 꽤 괜찮았다. 물론 그렇지 않은 글들도 있었다. 그래서 나는 진지하게 글을 쓰면 피곤해진다는 것을 알았다. 피곤하지 않다는 것은 나쁜 신호였다. 진지한 글을 마치 손으로만 쓴 것처럼 금방이라도 날아갈 정도로 가볍게 쓸 수는 없다. 별 노력 없이 진지한 글을 쓸 수는 없다. 어떤 사람이 진지한 글을 쓸 때는 그 안에 빠져들며 정말 눈까지 깊이 잠기게 된다. 마음속에서 그를 불안하게 하는 아주 강한 감정이 있다면, 그가 쓰고 있는 것과는 상관없지만 우리가 세속적이라 부르는 어떤 이유에 의해서 그가 아주 행복하거나 아주 불행하다면, 그가 쓰는 것이 유효하고 삶에 가치가 있다면 다른 모든 감정은 그의 마음속에서 잠이 든다. 그는 자신의 소중한 행복이나 소중한 불행을 고스란히, 그리고 생생하게 간직하기를 기대할 수 없다. 모든 것은 멀어지고 사라지며 그는 자신의 페이지와 남을 뿐이다. 그 어떤 행복과 불행도 그 페이지와 단단하게 연결되지 않으면 그의 내부에 존재할 수 없으며 다른 것을 소유할 수 없고 다른 것들에 속하지도 않는다. 그러니 그런 일이 일어나지 않으면 그가 쓴 페이지는 아무 가치가 없다는 뜻이다.

그렇게 나는 한동안 단편소설을 썼는데 그 기간이 거의 6년 정도였다. 캐릭터의 존재를 알게 되어서 한 캐릭터가 **있으면** 단편소설 한 편을 충분히 쓸 수 있다고 생각했다. 그래서 나는 언제나 캐릭터들을 찾아다녔다. 전차와 거리에서 사람들을 유심히 바라보았다. 소설에 등장하기 적합해 보이는 얼굴을 찾으면 그 얼굴과 연관해서 구체적인 도덕적 성향과 작은 일화를 엮어냈다. 사람들의 옷차림과 외모 또는 집이나 어떤 장소의 인테리어를 보러 다녔다. 새로운 방에 들어가면 머릿속으로 그것을 묘사하려 노력했고 이야기에 어울릴 작은 소재라도 찾으려 애썼다. 나는 수첩을 가지고 다녔는데 거기에 내가 발견한 어떤 소재들이나 비교할 만한 세부적인 것들이나 소설에 쓸 계획인 일화들을 기록했다. 예를 들면 수첩에 이렇게 썼다. "그는 목욕 가운의 허리끈을 긴 밧줄처럼 질질 끌며 욕실에서 나왔다." "이 집 화장실 냄새 지독해요." 여자아이가 그에게 말했다. "화장실에 가면 숨을 쉴 수가 없어요." 아이가 슬프게 덧붙였다. "포도송이 같은 그녀의 곱슬머리." "침대 위에 흐트러진 빨간색과 검은색 담요들." "껍질을 벗긴 감자처럼 창백한 얼굴." 하지만 이런 문장들은 단편소설을 쓸 때 사용하기 쉽지 않았다. 수첩은 사용하기 몹시 어려운, 결정되고 박제된 문장들의 박물관이 되어버렸다. 어떤 소설에 빨간색과 검은색 담요들이나 포도송이 같은 곱슬머리를 집어넣으려고 무수히 시도했지만 성공하지 못했다. 그러니까 수첩은 쓸모가 없었다. 그래서 난 이 일에는 저축이 없다는 사실을 깨달았다. 가령 어떤 사람이 이렇게 생각할 수 있다. "이런 소재 멋진데 지금 쓰는 이 소설에서 낭비하고 싶지는 않아. 여긴 벌써 멋진 소재가 넘치잖아. 아꼈다가 앞으로 쓸 다른 소설에 이용해야지." 그러면 그 소재는 그의 내부에서 결정되어 더 이상 쓸 수 없게 된다. 소설을 쓸 때는 그가 가지고 있고 보았던 최고의 것을, 그가 평생 수집한 최고의 것을 모두 그 안에 쏟아부어야 한다. 소재를 오랫동안 사용하지 않으면 낡고 닳는다. 소재만이 아니라 모든 것이, 모든 착상과 아이디어도 마찬가지다. 잘 찾아낸 캐릭터들을 살리고 세세한 소재들을 이용해 단편소설을 쓰던 시기에 한번은 거리

에서 테두리에 금박을 입힌 큰 거울을 싣고 지나가는 수
레를 보았다. 초록빛 저녁 하늘이 거울에 반사되었고 나
는 지나가는 수레를 보려고 걸음을 멈추었는데 아주 행복
했고 뭔가 중요한 일이 일어나고 있다는 느낌을 받았다.
거울을 보기 이전에도 나는 몹시 행복했는데 갑자기 금색
틀 안에서 빛나는 초록의 거울이 행복 그 자체의 이미지
로 지나가는 기분이었다. 나는 오랫동안 그것을 어떤 소
설 안에 담아야겠다고 생각했고 오랫동안 거울을 실은 수
레를 떠올리면 글을 쓰고 싶다는 생각이 들었다. 하지만
어디에도 넣지 못했는데 갑자기 그게 내 안에서 죽었다는
것을 깨달았다. 그렇지만 그것은 아주 중요했다. 단편소
설을 쓰던 시기에 나는 언제나 잿빛의 황량한 사물과 사
람들에게만 집중했고 보잘것없는, 경멸할 만한 현실을 찾
았기 때문이다. 당시 가지고 있던 아주 미세한 소재를 파
헤치려는 취향 속에는 나의 사악함과 벼룩처럼 작은 것에
대한 탐욕스럽고 초라한 관심이 담겨 있다. 나는 고집스
럽고도 요란하게 벼룩들을 찾았다. 수레 위의 거울은 내
게 새로운 가능성을 제공하는 것 같았다. 어쩌면 더 영광
스럽고 찬란한 현실, 세세한 묘사와 빈틈없는 아이디어가
필요한 게 아니라 눈부시고 행복한 이미지로 실현되는 행

복한 현실을 바라볼 능력을 부여해주었는지도 모른다.

　당시에 썼던 단편소설들에서 내가 마음속으로 경멸하는 등장인물들이 있었다. 등장인물이 비참하고 코믹한 게 좋다고 생각했기 때문에 코믹함과 연민을 위해 그 인물들을 경멸스럽고 존중할 게 전혀 없는 캐릭터로 만들었는데 나 자신도 그들을 사랑할 수 없을 정도였다. 그 등장인물들은 항상 틱이나 편집증이 있었고 신체적으로 기형이었다. 또한, 약간 기괴한 나쁜 습관을 가졌다. 부러진 팔을 감은 검은 붕대를 목에 걸고 있거나 눈에 다래끼가 났거나 말을 더듬거나 말을 하며 엉덩이를 긁거나 다리를 약간 절기도 했다. 나는 항상 어떤 식으로든 등장인물들에게 특징을 부여해야 했다. 그 인물들이 애매하게 표현될지도 모른다는 두려움을 피하고 무의식적으로 내가 의심을 품었던 그들의 인간성을 포착하기 위해서였다. 수레의 거울을 보았을 무렵에는 막연하게 이해하기 시작했지만, 당시 나는 그들이 더 이상 등장인물이 아니라 꼭두각시라는 것을, 진짜 인간이 아니라 아주 잘 그려진 꼭두각시라는 사실을 이해하지 못했기 때문이다. 내가 그 인물들을 창조했을 때 즉시 특징을 부여하고 세부 사항을 기괴하게 묘사했는데 그런 행동에는 사악한 뭔가가 담겨 있었다.

당시 내 안에는 현실에 대한 고약한 분노가 있었다. 당시 나는 행복했으므로 실제적인 어떤 것에 근거한 분노가 아니었다. 그것은 특별한 분노로서 자신이 항상 놀림당한다고 생각하는 순진한 사람이나 도시에 방금 와서 사방에 도둑이 득시글거린다고 생각하는 농부의 자기방어 같은 것이었다. 처음에 나는 그것에 자부심을 느꼈는데 내 시에서 자주 보이던 순진함과 청소년기의 감상적인 체념을 극복한 아이러니의 위대한 승리처럼 보였기 때문이다. 아이러니와 사악함은 내 손에 쥐어진 아주 중요한 무기 같았다. 그 무기가 남자처럼 글을 쓰는 데 도움이 되리라 생각했다. 당시 나는 남자처럼 글을 쓰고 싶다는 욕망을 억누르기 힘들었고 글에서 내가 여자라는 것을 사람들이 알까봐 두려웠다. 그래서 나는 거의 언제나 남자들을 소설에 등장시켰다. 나와 분리되어 있고 가장 멀리 있었기 때문이다.

나는 이야기의 대략적인 틀을 짜고 불필요한 것들을 날려버리고 적절한 순간에 세부적인 묘사와 대화를 삽입하는 데 능숙해졌다. 나는 무미건조하고 명료한 단편소설들을 썼다. 어색한 어조 없이 결말까지 잘 이어지는 서툴지 않은 글이었다. 그러나 어느 순간 지치고 말았다. 거리에서 마주치는 사람들의 얼굴에서 이제 흥미로운 이야기를 읽을 수 없었다. 어떤 사람은 다래끼가 났고 어떤 사람은 모자를 거꾸로 썼고 어떤 사람은 셔츠 대신 스카프를 두르고 있었지만 내게는 하나도 중요하지 않았다. 사물과 사람들을 관찰하고 머릿속으로 묘사하는 일에 지쳤다. 세상은 내게 침묵했다. 세상을 묘사할 말을 더는 찾지 못했고 내게 많은 기쁨을 주었던 말들도 사라졌다. 나는 아무것도 소유하지 못했다. 거울을 기억해보려 했으나 그것조차 내 안에서 죽었다. 박제된 사물, 말 없는 얼굴, 잿빛 단어들, 떨림이 없으며 죽은 듯이 내 심장을 무겁게 누르는 여러 장소와 목소리와 몸짓 들을 짐처럼 내 안에 지니고 다녔다. 그러다가 아이들이 태어났다. 아이들이 아주 어렸을 때, 아이들을 키우며 글을 쓰는 사람이 있다면 어떻게 그럴 수 있는 건지 이해가 되지 않았다. 아이들과 떨어져서 이야기 속의 누군가를 뒤쫓을 수 있는 방법도 알지 못했다. 나는 내 일을 경멸하기 시작했다. 때로 절실하게 그리웠고 추방당한 기분이 들었지만, 그것을 경멸하고 비웃으며 오로지 아이들에게만 관심을 기울이려고 노력했다. 나는 그렇게 해야만 한다고 믿었다. 나는 아이들이 먹는 음식에 꼼꼼하게 신경을 썼고 날이 맑을 때나 흐릴 때

나 바람이 불거나 바람이 불지 않거나 아이들과 산책을 갔다. 아이들이 너무나 소중했기에 터무니없는 이야기나 살아 숨 쉬지 않는 어리석은 등장인물들을 뒤쫓다 길을 잃을 수는 없었다. 하지만 내 일이 간절하게 그리워서 밤이면 그게 얼마나 아름다웠는지를 생각하며 눈물을 흘릴 뻔한 적도 있었다. 언젠가 다시 그 일을 하게 되리라 생각했지만 언제인지는 알 수 없었다. 아이들이 다 자라서 내 곁을 떠날 때까지 기다려야만 한다고 생각했다. 당시 나는 아이들에게 가진 감정을 제대로 제어하는 법을 아직 배우지 못했었다. 하지만 그 후 서서히 배워나갔다. 시간이 그리 오래 걸리지도 않았다. 여전히 나는 토마토소스와 세몰리노 수프●를 만들었지만 그러면서도 글감을 생각했다. 당시 우리는 남부의 아름다운 지방에 머물렀다. 나는 우리 도시의 거리와 언덕을 떠올렸다. 그 거리와 언덕들은 우리가 머물던 지방의 거리와 언덕과 들판과 하나가 되었고 새로운 자연이, 내가 다시 사랑할 수 있는 뭔가가 되었다. 나는 우리가 살던 도시가 그리웠다. 기억 속의 도시를 사랑했다. 아마 도시에 살 때는 한 번도 그런 적이

● 밀가루보다 과립이 굵고 색이 노란 가루로 만든 수프.

없었을지도 모르는데 나는 도시를 사랑했고 그것이 갖는 의미를 이해했다. 이제 우리가 살게 된 마을도 사랑했다. 남부의 태양이 내리쬐는 하얗고 흙먼지가 많은 마을이었다. 우리 집 창문 아래쪽으로 억세고 메마른 풀에 뒤덮인 넓은 초원이 펼쳐졌다. 내가 살던 도시의 넓은 가로수 길, 플라타너스, 높은 집들에 대한 기억이 마음을 휩쓸었다. 그런 모든 게 내 안에서 행복하게 불타오르기 시작했고 나는 절실하게 글을 쓰고 싶었다. 나는 그때까지 써본 적이 없는 긴 글을 썼다. 너무 오랜만에 글을 썼기 때문에 한 번도 글을 써본 적이 없는 사람처럼 쓰기 시작했다. 그래서인지 단어들이 깨끗하고 싱싱하게 느껴졌다. 모든 게 다시 아무도 손대지 않은 맛과 향기로 가득해졌다. 오후에 아이들이 마을의 소녀와 산책을 나가면 나는 글을 썼다. 열심히 즐겁게 썼다. 아름다운 가을이었고, 그렇게 나는 매일 행복했다. 나는 이야기에 내가 창조한 인물과 그 지방의 실제 인물들을 조금씩 등장시켰다. 이전에는 몰랐던 그 지방에서 쓰는 단어, 비속어, 말투 들이 글을 쓸 때 저절로 나타났다. 이런 새로운 단어들은 무르익고 발효되어 다른 낡은 단어들에게도 생명력을 주었다. 주요 등장인물은 여자였지만 나와는 아주 달랐다. 이제 나는 남자처럼 글을 쓰고 싶지 않았다. 아이가 있기 때문이기도 했고 토마토소스와 관련된 많은 것을 알고 있기 때문이었다. 비록 이야기에 넣지 않는다 해도 내가 그것들을 잘 아는 게 글 쓰는 내 일에도 도움이 되었다. 신비하면서도 직접적이지는 않지만. 여자들은 남자들이 절대 알 수 없는 자녀들의 일을 잘 아는 것 같았다. 나는 이야기가 달아나 버릴까 겁이 나는 사람처럼 아주 빠르게 글을 썼다. 나는 그것을 장편소설이라고 불렀는데 아마 그렇지 않았을지도 모른다. 게다가 그때까지 나는 항상 급하게, 굉장히 짧은 글들을 써왔다. 그런데 갑자기 그 이유도 알아차렸다. 내게는 나이 차이가 아주 많이 나는 오빠들이 있었는데 내가 식탁에서 무슨 말을 하려고만 하면 오빠들은 항상 조용히 하라고 말했다. 그래서 나는 서둘러서, 급히, 가능한 한 단어를 적게 사용해서 말하는 버릇이 생겼다. 그러면서 늘 다른 사람들이 자기들끼리 다시 이야기를 시작해서 내 말을 듣지 않을까봐 걱정했다. 아마 약간 우스꽝스러운 이유처럼 보일지도 모르겠다. 하지만 정말 그랬을 게 분명했다.

내가 장편소설이라고 불렀던 그 글을 쓸 때는 아주 행복한 시기였다. 내 인생에 심각한 일은 일어난 적이 없었고 나는 질병도 배신도 고독과 죽음도 알지 못했다. 내 인생에서 사소한 일 이외에 좌절을 겪은 적도 전혀 없었으며 마음에 소중히 간직한 것을 빼앗긴 적도 없었다. 나는 그저 사춘기의 나른한 우울과 글을 쓸 줄 몰라 부딪힌 난관에 괴로워했을 뿐이다. 그래서 나는 두려움이나 불안 없이 완벽하고 조용한 행복을 누렸으며 세상에 존재하는 행복이 견고하고 일관성 있다고 굳게 믿었다. 우리가 행복할 때 우리는 더 냉철해지고 명료해지며 현실을 한 걸음 떨어져서 보게 된다. 우리가 행복할 때 우리와 전혀 다른 인물들을 창조하려고 하고, 아무 관계가 없는 것을 볼 때처럼 냉정하게 그들을 바라보려는 경향이 있다. 환상과 창조적인 에너지가 우리 안에서 넘쳐날 때, 우리는 행복하고 충만한 우리의 영혼에서 눈길을 돌려 다른 존재들을 연민 없이 바라보며, 자유롭고 잔인하며 아이러니하고 거만하게 그들을 판단한다. 우리는 근본적으로 우리와 다른 인물들을, 수많은 인물을 만들어낼 수 있다. 그리고 탄탄하게 구성되어 있으며 선명하고 차가운 빛 속에 있는 것 같은 이야기들을 쓸 수 있다. 그러니까 우리가 눈물과 불안과 두려움이 없는 특별한 행복을 느낄 때 우리에게 부족한 것은 등장인물들과 그들이 누비는 장소, 우리가 이야기하는 사건들과의 친밀하고 부드러운 관계다. 우리에게 부족한 것은 연민이다. 표면적으로 우리는 아주 관대한데, 다른 사람들에게 관심을 갖고 다른 사람들을 아낌없이 보살필 힘을 찾으려 한다는 면이 그걸 보여준다. 하지만 자신에게는 그럴 필요가 없기 때문에 우리 자신을 돌보지 않는다. 또한 다른 사람에 대한 우리의 관심에는 부드러움이 담겨 있지 않아서 그들의 외적인 측면 몇 가지밖에 포착하지 못한다. 우리에게 세상은 단 하나의 차원으로만 존재해서 비밀과 그림자가 없다. 우리가 모르는 고통은 추측할 수 있고 우리의 상상력으로 창조할 수 있지만, 우리가 속하지 않았고 우리 안에 뿌리내리지 않은 것들을 바라볼 때처럼 무미건조하고 차가운 눈으로 바라본다.

우리의 개인적인 행복이나 불행, 우리의 **세속적인** 상황은 우리가 쓰는 글에서 아주 중요하다. 앞서 말했지만 글을 쓰는 사람은 글을 쓰는 순간 자신의 삶이 처한 상황을 기적적으로 잊어버린다. 당연히 그렇다. 하지만 행복하거나 불행하거나 우리는 어떤 식으로든 글을 쓴다. 우리가 행복할 때 상상력은 더 힘을 갖고 우리가 불행할 때 우리의 기억은 더 생생하게 움직인다. 고통은 상상력을 약하고 게으르게 만든다. 상상력은 움직이지만 마지못해, 무기력하게, 병든 사람처럼 힘없이, 열이 나고 아픈 팔다리를 옮길 때처럼 조심스럽고 지친 듯이 움직인다. 우리의 삶과 영혼에서, 우리를 잠식해가는 갈증과 불안에서 눈을 떼기가 쉽지 않다. 그래서 우리가 쓰는 글에는 과거의 기억이 끊임없이 떠오르고 우리의 목소리는 계속 글 속에서 울려 퍼지지만 우리는 그것에 침묵을 강요하지 못한다. 우리가 창조했으며, 어쨌든 우리의 허약한 상상력이 만들어낸 등장인물과 우리 사이에 특별하고 부드러운 관계가 탄생한다. 어머니와 자식 같은 관계, 눈물이 있는 따뜻하고 촉촉한 관계, 육감적이고 숨 막힐 듯한 내밀한 관계이기도 하다. 우리는 세상의 모든 존재와 사물에 깊고 고통스러운 뿌리를 내리고 있다. 그 세상은 메아리와 떨림과 그림자들로 가득 찼으며 헌신적이고 뜨거운 연민이 우리를 그 세상과 연결해준다. 그러니 우리는 탁한 물이 고인 어두운 호수에 빠져 우리가 생각한 피조물들을 그곳으로 끌어들여 미지근하고 어두운 소용돌이 속에서, 죽은 쥐와 썩은 꽃들 속에서 숨을 거두게 해서는 안 된다. 글쓰기와 관련해서 보면 행복 속에 위험이 있듯이 고통 속에도 위험이 도사리고 있다. 잔인함, 오만, 아이러니, 육체적인 부드러움, 상상력과 기억, 선명함과 불명료함의 총체가 시적인 아름다움을 형성한다. 우리가 이 모든 것을 동시에 획득하지 못한다면 결과는 보잘것없을 것이며 일시적이고 생명력을 거의 찾기 어려울 것이다.

그리고 글을 쓰면서 자신의 슬픔을 달랠 수 있다고 기대하지 않도록 주의해야 한다. 우리는 우리의 일이 우리를 어루만지고 달래주리라는 착각에 빠질 수 없다. 내 인생에서 쓸쓸하고 공허한 일요일들이 끝도 없이 이어졌던 때가 있다. 그때 나는 뭔가를 쓸 수 있기를 열렬히 바랐다. 글을 쓰며 고독과 권태를 위로받고, 문장과 단어가 날 어루만지고 달래주길 기대했기 때문이다. 하지만 단 한 줄도 쓸 방법이 없었다. 그러니까 나의 일은 나를 항상 거부했고 나에 대해 알려고도 하지 않았다. 이 일은 위로나 오락이 아니기 때문이다. 이 일은 친구가 아니다. 이 일은 우리에게 피가 날 정도로 채찍을 휘두를 수 있는 주인이며 고함을 치고 정죄하는 주인이다. 우리는 침과 눈물을 삼키고 이를 악물고 상처의 피를 닦고 주인을 섬겨야만 한다. 그가 원할 때 섬겨야 한다. 그러면 그는 우리가 일어서서 두 발로 확실히 땅을 딛고 서게 도와줄 것이다. 광기와 섬망을, 절망과 열병을 이겨내게 도와줄 것이다. 그러나 자신이 명령하길 바라며 우리가 그를 필요로 할 때 우리 말에 귀 기울여주려 하지 않는다.

남부에서의 그 시간 이후 고통을 잘 알게 되었다. 내 삶을 완전히 산산조각 낸, 회복될 수 없고 치유할 수 없는 진정한 고통이었다. 어떤 식으로든 삶의 파편들을 다시 모아보려 했을 때 나는 나와 내 인생이 예전의 모습을 찾을 수 없게 변해 있음을 알게 되었다. 내 일은 변하지 않고 그대로였다. 변하지 않았다는 말도 진정 사실이 아니다. 도구는 항상 같았지만 내가 그것을 사용하는 방식은 달라졌다. 처음에 나는 내 일을 증오하고 역겨워했지만 결국 다시 그 일을 할 테고 그것이 날 구해주리라는 걸 잘 알았다. 때로는 내 인생이 그렇게 불행하지 않았다는 생각을 했다. 내 운명을 비난하고 운명이 베풀어준 호의를 부정한다면 옳지 않다. 운명이 내게 세 아이와 내 일을 주었으니 말이다. 게다가 나는 이 일이 없는 내 인생은 상상조차 할 수 없다. 내 일은 항상 그 자리에 있었고 잠시도 나를 떠난 적이 없었다. 그가 잠들었다고 생각했을 때도 주의 깊게 반짝이는 눈이 나를 지켜보았다.

내 일은 그렇다. 알다시피 돈을 많이 버는 일이 아니다. 아니, 생계를 위해 다른 일을 병행해야 할 정도다. 이따금 약간의 돈을 벌기도 한다. 이 일 덕에 돈을 버는 것은 매우 달콤해서 사랑하는 사람에게 돈과 선물을 받는 기분이다. 내 일은 그렇다. 솔직히 말해 이 일이 내게 주었고 앞으로 줄 수 있을 결과가 어느 정도 가치가 있을지 잘 모른다. 아니, 좀 더 정확히 말하자면 이미 얻은 결과들의 상대적인 가치는 알지만 절대적인 가치는 그렇지 못하다. 나는 무언가를 쓸 때 보통 그 글이 아주 중요하며 내가 위대한 작가라고 생각한다. 글을 쓸 때면 누구에게나 일어나는 일이라고 생각한다. 하지만 내 마음 한구석에서는 내가 누구인지를, 그러니까 내가 보잘것없는 작가라는 것을 잘 알고 있다. 하지만 별로 중요하지 않다. 다만 나는 이름을 생각하고 싶지 않다. '누구처럼 보잘것없는 작가지?' 이렇게 자문하는 나를 본다. 다른 보잘것없는 작가들을 생각하면 슬퍼진다. 벼룩이나 파리처럼 보잘것없다 해도 내가 제일 보잘것없는 작가라고 믿고 싶다. 중요한 것은 이것이 천직이며 직업이며 평생 할 수 있는 일이라는 확신이다. 하지만 이 일은 쉽지 않다. 내가 말했던 위험 이외에도 수많은 위험이 도사리고 있다. 우리는 글을 쓸 때면 언제든 심각한 위험에 끊임없이 위협을 받는다. 갑자기 시시덕대거나 노래를 부를 위험이 있다. 나는 항상 미치도록 노래를 부르고 싶은데 그렇게 하지 않으려 조심해야만 한다. 우리 안에 진정으로 존재하지 않으며, 우연히 외부에서 건진 단어들, 우리가 상당히 교활해졌기 때문에 능숙하게 조합한 단어들로 사기를 칠 위험이 있다. 교활해지고 사기를 칠 위험이 있다. 여러분도 보다시피 아주 어려운 일이지만 세상에서 가장 아름다운 일이기도 하다. 우리 인생의 나날과 그 속의 사건들, 우리가 지켜보는 다른 인생의 나날과 그 속의 사건들, 독서, 이미지, 사고, 대화 들이 그 일을 살찌우며 우리의 내면에서 더욱 자라게 한다. 끔찍한 것들로 영양분을 섭취하며, 우리 삶의 최고와 최악을 먹어치우며, 좋은 감정과 나쁜 감정들이 그 일의 핏속에 흐른다. 그 일은 우리의 내면에서 스스로 영양분을 섭취하며 자란다.

침묵

〈펠레아스와 멜리장드〉●를 들었다. 나는 음악에 문외한이다. 그저 옛날 오페라 대본의 거칠고 잔혹하고 무거운 가사들("내 피로 죗값을 치르리라. 당신에게 쏟은 사랑으로")과 〈펠레아스와 멜리장드〉의 허무하고 눈물을 머금게 하는 가사들("나는 추워. 네 머리카락이")을 비교하고 싶은 생각이 들었다. 거칠고 잔혹한 가사들로 인한 피로와 혐오에서 눈물을 머금게 하는 차갑고 허무한 가사들이 탄생했다.

나는 〈펠레아스와 멜리장드〉가 침묵의 시작이 아니었을지 궁금해졌다.

우리 시대의 가장 기이하고 심각한 악습 중에 침묵이 언급되어야 하기 때문이다. 오늘날 우리 가운데 소설을

● 클로드 드뷔시(1862~1918)가 작곡한 5막의 오페라.

쓰려고 시도해본 사람이라면 등장인물들이 대화를 시작해야 하는 순간에 느끼는 불편함과 불만스러움을 잘 알 것이다. 몇 페이지에 걸쳐 우리의 주인공들은 무의미하면서도 서글프고 쓸쓸함이 잔뜩 묻어나는 대화를 주고받는다. "추워요?" "아니요, 안 추워요." "차 마시겠소?" "고맙지만 싫어요." "피곤해요?" "모르겠어요. 그래요. 조금 피곤한지도 모르겠어요." 우리의 등장인물들은 침묵을 피하기 위해 이렇게 말한다. 어떤 말을 해야 할지 몰라서. 서서히 중요한 말들이, 끔찍한 고백들이 나오기 시작한다. "당신이 죽였소?" "그래요. 내가 죽였어요." 고통스럽게 침묵을 깨고 우리 시대의 빈약하고 메마른 몇 마디 말이 나온다. 난파당한 사람들이 보내는 신호, 멀리 보이는 언덕에 켜진 불, 허공 속으로 사라지는 절망적이며 희미한 호소 같은 말이다.

그래서 등장인물들이 서로 대화하기를 원할 때 우리 안에 서서히 쌓였던 침묵의 깊이를 측정한다. 우리는 어린 시절의 그 잔혹하고 무거운 옛날 언어로 여전히 우리에게 말을 하는 부모님 앞에서 침묵하기 시작했다. 우리는 입을 다물었다. 항의와 경멸의 의미로 입을 다물었다. 우리는 부모님들의 거친 말이 우리에게 아무 소용도 없다는 사실을 알리기 위해 침묵했다. 우리는 다른 말들을 간직하고 있었다. 우리는 우리의 새로운 말들을 조금의 의심도 없이 신뢰했고 그래서 침묵했다. 나중에 우리의 새로운 말들을 이해하는 사람에게 그 말들을 사용할 것이다. 우리는 우리의 침묵으로 풍요로워졌지만 지금은 그 사실을 부끄러워하며 절망한다. 우리는 그것이 가져온 불행을 다 알고 있다. 우리는 더 이상 그로부터 자유로워질 수 없다. 우리 부모님이 사용하던 그 오래되고 거친 말들은 유통되지 않는 화폐이며 아무도 받아주지 않는다. 그런데 새로운 말들도 가치가 없다. 그것으로 아무것도 살 수 없다는 것을 깨달았다. 관계를 맺는 데 사용되지 않으며 습기가 많고 차갑고 열매를 맺지 못하는 말들이다.

죄책감이 우리 시대의 악습 중 하나라는 것은 익히 알려져 있다. 모두 죄책감에 시달린다. 그에 대해 말하고 많은 글을 쓴다. 우리는 날마다 더 지저분한 사건에 연루된다고 느낀다. 공황에 빠져 있기도 하다. 이 역시 모두를 고통스럽게 한다. 공황은 죄의식에서 발생한다. 공포와 죄책감을 느끼는 사람은 침묵한다.

사람들은 죄책감, 공황, 침묵을 각자의 방식으로 치유하려 애쓴다. 여행을 통해 치유하려는 사람들이 있다. 새로운 나라와 사람을 만나고자 하는 열망 속에는 자신을 둘러싼 음침한 유령들을 뒤로하고 떠나고 싶다는 희망이 담겨 있다. 지구 어느 곳에선가 우리와 이야기를 나눌 수 있는 사람을 만나게 되리라는 비밀스러운 희망이 있다. 어떤 사람은 자신의 음침한 유령들을 잊으려고, 혹은 말을 하기 위해 술에 취하기도 한다. 한편 **말을 하지 않기 위해** 사람들은 여러 가지 일을 한다. 어떤 사람은 여자를 옆에 앉히고 영화관에서 잠을 자며 저녁을 보낸다. 그렇게 해서 여자들에게 말해야 할 의무에서 벗어난다. 브리지 게임을 배우는 사람도 있다. 말없이도 할 수 있는 섹스를 하는 사람도 있다. 보통은 **시간을 죽이기 위해** 이런 일을 한다고 말한다. 사실은 침묵을 죽이기 위해서다.

침묵에는 두 종류가 있다. 자신에게 침묵하는 것과 타인에게 침묵하는 것이다. 두 가지 형태 모두 우리를 똑같이 고통스럽게 한다. 자신에 대한 침묵은 우리 존재를 사로잡는 극도의 혐오감과 우리 영혼에 대한 경멸에서 기인하는데 말할 가치가 없을 정도로 비열한 침묵이다. 타인과의 침묵을 깨고 싶다면 우리 자신과의 침묵을 깨야 하는 것은 자명하다. 우리에게는 우리 자신을 증오할 어떤 권리도 없으며 우리 영혼의 생각을 막을 권리도 당연히 없다.

침묵에서 벗어나는 가장 일반적인 방법은 정신분석을 받는 것이다. 이야기를 들어주고 돈을 받는 사람에게 자신에 대해 끊임없이 말하는 방법이다. 침묵의 뿌리를 고스란히 드러내는 것이다. 그렇다. 이런 방법은 아마 일시적인 위안을 줄지도 모른다. 그러나 침묵은 사방에 깊게 퍼져 있다. 돈을 받고 이야기를 들어주었던 그 사람의 방에서 나오자마자 우리는 다시 침묵 속으로 빠져든다. 그러니까 그 한 시간의 위로는 표면적이고 대수롭지 않아 보인다. 침묵은 온 세상에 퍼져 있다. 우리 중 한 사람만을 한 시간 동안 치료한다고 해서 공통의 문제를 해결하는 데 아무 도움도 되지 않는다.

정신분석을 받으러 가면 우리는 자신을 극도로 증오하는 것을 멈춰야만 한다는 말을 듣는다. 대신 그런 증오에서 자유로워지기 위해, 죄책감과 공황과 침묵에서 벗어나기 위해 자연에 따라 살고 본능에 우리를 맡기고 순수한 쾌락을 추구하라는 충고를 받는다. 우리의 삶을 자유롭게 선택하라고도 한다. 그러나 삶을 자유롭게 선택하는 것은 자연에 따라 사는 게 아니라 자연에 반하는 것이다. 인간에게 선택권이 주어지지 않았기 때문이다. 인간은 자신이 태어난 시간을, 얼굴을, 부모를, 어린 시절을 선택하지 않았다. 인간은 보통 자기가 죽을 시간을 선택하지 않는다. 인간은 자신의 얼굴을 선택할 수 없듯이 자신의 운명을 받아들일 수밖에 없다. 그에게 허용된 것이라고는 선과 악, 정의와 불의, 진실과 거짓 사이의 선택뿐이다. 우리의 정신을 분석해주는 사람들이 우리에게 하는 말은 도움이 되지 않는데 우리의 도덕적 책임을, 우리 삶에 유일하게 허용된 선택을 고려하지 않기 때문이다. 정신분석을 받았던 사람은 우리가 순수한 쾌락에 따라 살면서 누리는 그 일시적인 자유의 분위기가 얼마나 보기 드물고 부자연스러우며, 결론적으로는 숨이 막히는지를 너무나 잘 안다.

보통 우리 시대를 병들게 하는 침묵의 악습은 "대화의 묘미가 사라졌다"라는 진부한 표현으로 요약된다. 진실하고 비극적인 무언가를 경박하고 흔하디흔한 표현으로 일컫는 것이다. "대화의 묘미"라고 말할 때 거기에는 우리가 사는 데 도움이 되는 게 전혀 담겨 있지 않다. 그러나 우리에게는 자유롭고 정상적인 관계를 맺을 기회가 없다. 그러한 기회를 박탈당했다는 것을 인식한 우리 중 누군가는 스스로 목숨을 끊기도 한다. 침묵은 매일 희생자들의 목숨을 앗아 간다. 침묵은 치명적인 질병이다.

오늘날처럼 인간의 운명이 서로 밀접하게 연결되어 있어 한 사람의 재앙이 다른 사람의 재앙이 되는 경우는 지금까지 없었다. 그래서 이상한 일이 발생한다. 한 사람의 몰락은 다른 수천 명을 쓰러뜨린다. 그와 동시에 모두 침묵에 압도당해 자유롭게 몇 마디 주고받기도 힘들다. 이러한 이유로, 그러니까 한 사람의 재앙이 모두의 재앙이기 때문에, 침묵을 치유하기 위해 제공되는 방법은 존재하지 않는다. 이기주의로 절망을 방어하라는 충고를 받지만 이기주의가 절망을 치료한 적은 한 번도 없다. 우리는 우리 영혼의 악습들을 질병이라 부르는 데 익숙하다. 또한 그 악습들을 참아내거나 그것들이 우리 삶을 휘두르게 내버려두기도 한다. 아니면 달콤한 시럽으로 달래거나 진짜 질병인 양 치료하는 경우도 있다. 윤리적 관점에서 침묵을 직시하고 판단해야만 한다. 우리는 행복할지 불행할지를 선택하지 못한다. 그러나 **잔인할 정도로** 불행해지지 않도록 선택할 **필요가 있다.** 침묵은 폐쇄적이고 기괴하고 **잔인한** 불행을 가져올 수 있다. 그것은 젊음의 나날을 시들게 하고 빵에서 쓴맛이 나게 만들 수 있다. 이미 말했듯이 죽음으로 이어질 가능성이 있다.

윤리적 관점에서 침묵을 직시하고 판단해야만 한다. 침

묵은 나태와 정욕처럼 죄이기 때문이다. 침묵이 이 시대에 우리 같은 사람들 모두가 공통적으로 저지르는 죄이자 건강하지 못한 우리 시대의 씁쓸한 열매라고 해도, 그것의 본질을 인식하고 진짜 이름으로 부를 의무는 여전히 우리에게 남아 있다.

인간관계

인간관계의 문제는 우리 삶의 중심에 있다. 그것을 인식하자마자, 그러니까 그것이 더 이상 혼란스럽고 고통스러운 게 아니라 명확한 문제로 우리 앞에 제시되자마자 우리는 그 흔적을 찾으려 하고 지금까지 살아온 인생에서 인간관계의 역사를 재구성하려 한다.

어린 시절 우리는 어둡고 신비로워 보이는 어른들의 세계에서 특히 눈을 떼지 못한다. 어른들끼리 주고받는 말들과 그들이 내리는 결정과 행동의 의미, 기분이 변하거나 갑작스레 폭발하는 분노의 이유를 모르기 때문에 그 세계는 부조리해 보인다. 우리는 어른들끼리 나누는 말을 이해하지 못하고 관심도 없다. 아니, 따분하기 그지없다. 대신 우리의 하루 일과를 바꿀 수 있는 어른들의 결정, 점심과 저녁 식사 자리의 분위기를 어둡게 하는 불편한 기색들, 갑작스레 쾅 닫히는 문소리, 한밤중에 터져 나오는 고함에 주의를 기울인다. 우리는 평화롭게 이야기를 주고받다가도 언제든 폭풍우가 몰아쳐서 문을 쾅 닫는 소리와 물건을 집어 던지는 소리가 귀청을 찢을 수 있다는 것을 알고 있다. 우리는 대화를 나누는 어른들의 목소리가 조금이라도 갈라지지 않았는지 불안하게 지켜본다. 우리끼리만 놀이에 몰두해 있을 때 느닷없이 그 분노의 목소리가 집 안에 쩌렁쩌렁 울린다. 우리는 기계적으로 놀이를 계속한다. 작은 언덕을 만들기 위해 쌓은 흙더미에 돌멩이와 풀을 찔러 넣는다. 하지만 이제 그 언덕은 안중에도 없고 우리는 집 안에 평화가 돌아올 때까지는 행복할 수 없다고 생각한다. 문이 세게 닫히자 우리는 흠칫 놀란다. 분노의 말들이, 우리가 이해할 수 없는 말들이 이 방에서 저 방으로 날아다니지만 우리는 이해하려고 하지 않으며 그런 말을 나오게 한 알 수 없는 분노의 이유를 찾으려고도 하지 않는다. 우리는 끔찍한 이유가 있을 거라고 막연하게 생각한다. 어른들의 기이한 비밀이 우리를 무겁게 짓누른다. 그것은 이따금 우리 또래 아이들이 세상과 관계 맺는 것을 복잡하게 만들기도 한다. 이따금 친구가 우리 집에 놀러 온다. 우리는 같이 언덕을 만드는데, 쾅 하고 닫히는 문소리가 평화가 끝났다고 알려준다. 부끄러워서 얼굴이 빨갛게 달아오른 우리는 흙으로 언덕을 만드는 놀이가 굉장히 재미있는 척하며 집 안에 쩌렁쩌렁 울리는 그 목소리에 친구가 관심을 갖지 않게 하려고 애쓴다. 갑자기 손에 땀이 나고 힘이 쭉 빠지지만 흙더미에 조심스레 작은 나뭇조각들을 찔러 넣는다. 우리는 친구의 집은 절대 다투는 일이 없고 고함을 치며 거친 말을 내뱉지 않는다고 굳게 믿는다. 친구 집에서는 식구들이 모두 교양 있고 차분해서 싸움이란 우리 집에서만 일어나는 특별히 부끄러운 일이라고 생각한다. 그러다가 어느 날 친구의 집에서도 우리 집과 똑같이 다투는 것을 목격하고는 크게 안도한다. 어쩌면 이 세상에서 다투지 않는 집은 없을 거라고 생각하면서 말이다.

우리가 사춘기에 들어서면서 어른들끼리 나누는 말들을 이해할 수 있게 된다. 그렇지만 우리에게 중요하지는 않다. 우리 집의 평화 여부에 무관심해졌다. 이제 우리는 가족끼리 무슨 일로 다투는지 알 수 있으며 싸움이 어떤 방향으로 흘러가고 얼마나 지속될지도 예측할 수 있다. 우리는 싸움이 벌어져도 놀라지 않고 문이 요란하게 닫혀도 움찔하지 않는다. 우리에게 집은 더 이상 예전의 집이 아니다. 이제는 집 이외의 세상을 관찰하는 곳이 아니다. 집은 그저 우연히 먹고 살게 된 장소다. 이해할 수 있지만 아무 쓸모 없어 보이는 어른들의 말을 건성으로 들으며 서둘러 밥을 먹는다. 그러고 난 뒤 불필요한 말들을 듣지 않으려 후다닥 방으로 들어간다. 주변 어른들이 다투고 몇 날 며칠씩 분위기가 좋지 않아도 우리는 아주 행복할 수 있다. 우리에게 중요한 일은 이제 집이 아니라 밖에서, 거리에서, 학교에서 일어난다. 학교에서 다른 아이들에게 조금이라도 무시를 당하면 행복할 수 없다. 무시를 당하지 않기 위해 무엇이든 할 수 있다. 우리는 무엇이든 한다. 친구들을 재미있게 해주려고 우스운 시를 써서 우스꽝스럽게 얼굴을 찡그리며 읽어준다. 그러고는 나중에 부끄러워한다. 우리는 친구들에게 인기를 얻으려고 외설적인 단어들을 수집한다. 집에 있는 책과 사전을 하루 종일 뒤져 그런 단어들을 찾는다. 그리고 친구들 사이에서 화려하고 눈에 띄는 옷이 유행하자 엄마의 뜻을 거스르고 우리의 단정한 옷에 뭐라도 달아서 화려하고 야하게 보이려고 애쓴다. 만일 우리가 무시를 당한다면 그 이유가 무엇보다 우리의 소심함에 있다고 막연하게 느낀다. 어쩌면 우리가 친구와 흙으로 언덕을 만들던 그 옛날, 문이 쾅 닫히고 거친 소리가 집에 쩌렁쩌렁 울리고 수치스러워서 얼굴이 달아오르던 그때, 그 순간 소심함이 우리의 내면에 뿌리를 내렸을지도 모른다. 그래서 우리는 소심함을 벗어버리는 데 평생을 바쳐야만 한다고 생각한다. 타인의 시선 속에서도 우리끼리만 있을 때처럼 긴장을 풀고 대담하게 행동하는 법을 배우기 위해서는 마찬가지로 시간이 필요하다. 우리의 소심함은 호감과 보편적인 공감을 얻는 데 가장 큰 장애물처럼 보인다. 우리는 고독한 상상 속에서 말을 타고, 우리를 숭배하며 환호하는 군중들을 뚫고 의기양양하게 도시를 행진한다.

집에서는 그 오랜 시간 기이한 비밀로 우리를 무겁게 짓눌렀던 어른들을 이제 경멸과 침묵으로, 속을 내비치지 않는 무표정한 얼굴로 벌한다. 어른들은 오랜 시간 자신들의 비밀로 우리를 괴롭혀왔는데 이제는 우리가 우리의 비밀로, 입을 꽉 다물고 돌처럼 차갑고 무표정한 얼굴로 복수한다. 우리는 친구들에게 무시를 당하면 그 분풀이도 집안 어른들에게 한다. 그 무시가 우리 개인만이 아니라 전 가족, 가족의 사회적 지위, 우리 집의 가구와 장식, 우리 부모의 행동 방식이나 습관과 관련된 것처럼 보이기 때문이다. 이따금 집 안에서 예전과 같이 분노가 폭발하는데 우리가, 돌같이 딱딱한 우리 얼굴이 그런 분노의 원인이다. 폭력적인 말들이 회오리치듯 우리를 공격하고 문이 쾅 닫히지만 우리는 움찔하지 않는다. 지금은 우리 때문에, 우리를 향해 문이 요란하게 닫혀도 우리는 거만한 미소를 지으며 꼼짝 않고 식탁에 앉아 있다. 나중에 방에 혼자 있게 되면 갑자기 거만한 미소가 사라지는 동시에 울음이 터져 나오고, 우리의 외로움과 우리를 이해하지 못하는 다른 사람들에 대해 이런저런 상상을 한다. 뜨거운 눈물을 흘리고 베개에 얼굴을 묻고 흐느껴 울 때 이상한 쾌감을 느낀다. 그때 엄마가 와서 우리의 눈물을 보고 애처로워하며 아이스크림을 먹으러 가자고 하거나 영화관에 데려가겠다고 제안한다. 우리는 두 눈이 퉁퉁 붓고 충혈된 채 다시 돌처럼 딱딱하고 무표정한 얼굴로 카페 테이블에 엄마와 함께 앉아 작은 스푼으로 아이스크림을 먹는다. 평온하고 발걸음이 가벼워 보이는 사람들이 우리 주위를 오가지만 우리는 세상에서 제일 우울하고 어리바리하고 혐오스러운 존재다.

다른 사람들은 누구이고 우리는 누구일까? 우리는 궁금하다. 때로 우리는 하루 종일 방 안에서 생각한다. 다른 사람들이 진짜 존재하는 것인지 아니면 우리가 생각해낸

것인지 자문하며 막연한 현기증을 느낀다. 우리가 있지 않으면 다른 사람들 역시 존재하지 않으며 한순간에 사라질 거라고 말한다. 그리고 우리가 눈길을 던지자마자 기적적으로 땅에서 갑자기 튀어나와 다시 살아날 것이라고 말이다. 어느 날 무심코 뒤돌아보았을 때 아무것도, 아무도 발견할 수 없고 우리만 텅 빈 공중에 머리를 내밀고 있는 일이 일어날 수도 있지 않을까? 그렇다면 다른 사람들에게 무시를 당한다 해도 슬퍼하지 않아도 된다고 우리는 자신에게 말한다. 어쩌면 다른 사람들은 존재하지 않아서 우리에 대해서도, 자신에 대해서도 생각할 수 없을 테니 말이다. 이런 어지러운 생각에 빠져 있을 때 엄마가 와서 아이스크림을 먹으러 가자고 한다. 그러면 우리는 곧 먹게 될 아이스크림 때문에 말로 표현할 수 없을 정도로, 지나치게 행복해진다. 혼란스러운 생각에 빠져 있을 때는 그렇게 어른스러웠고 그림자의 세계에서 이상하게 길을 잃었던 우리가 아이스크림이라는 말을 듣자 왜 그렇게 행복한지 궁금하다. 우리는 엄마의 제안을 받아들이지만 아주 기쁘다는 내색을 하지 않으려고 특별히 조심한다. 입을 꼭 다물고 엄마와 함께 카페로 걸어간다.

다른 사람들은 존재하지 않을지도 모르며 그들을 만들

어낸 사람은 바로 우리라고 스스로에게 끊임없이 되뇌지
만 학교 친구들에게 여전히 무시를 당해서 설명하기 힘들
정도로 고통스럽다. 우리가 무겁고 빠릿빠릿하지 못한 성
격이어서, 그러니까 부끄럽게도 우리 자신이 생각해도 무
시를 당해 마땅하다고 여기기 때문이기도 하다. 다른 사
람이 우리에게 말할 때 우리는 얼굴이 너무 못생기고 무
표정하다는 생각에 두 손으로 얼굴을 가리고 싶어진다.
그렇지만 우리는 누군가가 우리를 사랑하는 상상을 한다.
엄마와 카페에서 아이스크림을 먹을 때 누군가 우리를 훔
쳐보고 몰래 집까지 따라와 연애편지를 보내는 상상 말이
다. 우리는 그 편지를 기다리고 아직도 편지가 오지 않았
다는 사실에 매일 깜짝 놀란다. 우리는 그 편지에 적혀 있
을 문장을 암기할 수도 있고 가끔은 속으로 중얼거려보기
도 했다. 그러니까 그 편지가 도착하면 우리는 정말 집과
는 상관없는 놀라운 비밀을 갖게 될 것이며 이 비밀 이야
기는 집 밖에서 다양한 이야기와 뒤섞일 것이다. 고백하
자면 지금 우리가 가진 비밀은 별것 아니다. 잠자리에 들
기 전 이마에 입맞춤을 해주는 부모님에게 내미는 돌같이
차가운 이마 뒤에 숨긴 비밀은 하찮기 그지없다. 그 입맞
춤이 끝나면 우리는 방 안으로 달려 들어오고, 그사이 부

모님은 우리 행동에 뭔가 수상한 게 없는지 서로에게 조그맣게 묻는다.

아침이면 거울 속 얼굴을 걱정스레 뚫어지게 바라보고 나서 학교에 간다. 어린 시절의 보드랍고 사랑스러운 느낌은 얼굴에 남아 있지 않다. 그래서 우리는 흙으로 언덕을 쌓던 어린 시절을 생각하며 향수에 젖는다. 가족들이 다투는 게 유일한 걱정거리던 시절이었다. 이제 집에서는 예전처럼 그렇게 자주 싸우지 않는다. 오빠들이 독립했고 부모님은 나이가 들었고 성격이 많이 누그러졌다. 하지만 우리는 집에 신경을 쓰지 않는다. 안개 속에서 혼자 학교로 걸어간다. 우리가 어렸을 때 엄마는 학교까지 데려다주고 방과 후에 데리러 왔다. 지금은 혼자 학교에 가며 우리의 행동에 무서울 정도로 책임감을 느낀다.

네 이웃을 네 몸처럼 사랑하라고 하느님이 말했다. 이것은 말도 안 되는 소리 같다. 하느님이 말도 안 되는 소리를 했고 실현 불가능한 일을 인간에게 명령했다. 우리를 무시하고 우리의 사랑을 받으려 하지 않는 이웃을 어떻게 사랑할 수 있단 말인가? 경멸스럽고 무섭고 어두운 우리 자신을 어떻게 사랑할 수 있단 말인가? 하느님이 우리를, 우리만을 만들어서 그림자인 이 땅에 홀로 두어 혼란스러운 생각들로 먹고살게 했는데, 존재하지 않으며, 어쩌면 그림자로 이루어진 군중에 불과할지도 모르는 이웃을 어떻게 사랑한단 말인가? 우리는 어린 시절 하느님을 믿었지만 이제는 존재하지 않을지도 모른다고 말한다. 아니, 존재한다 하더라도 우리를 이런 잔인한 상황에 놓아둔 것을 보면 우리 같은 것에는 신경을 쓰지 않을지도 모른다. 그러니 우리에게는 존재하지 않는 것이나 마찬가지다. 우리가 좋아하는 음식이 식탁에 있어도 음식을 먹지 않고 우리 방의 작은 카펫에 누워 밤을 보낸다. 증오심이 담긴 생각을 하는 우리를 자책하며, 그것을 벌주고 하느님의 사랑을 받기 위해서다.

하지만 밤새도록 바닥에 누워 팔다리가 마비되고 추위에 떨며 잠을 자고 나면 하느님은 존재하지 않는다고 생각한다. 하느님은 존재하지 않는다. 만일 존재한다면 이 터무니없고 괴물 같은 세상을 창조하지 않았을 테고, 한 인간이 안개 낀 아침에 그를 사랑하지 않고 사랑할 수도 없는 이웃이 사는 높은 건물들 사이로 혼자 걸어가야 하는 이런 복잡한 음모를 꾸미지도 않았을 터다. 소름 끼치고 말로 설명할 수 없는 그 종족도 이웃에 속해 있다. 우리와는 전혀 다르며 모든 선과 악을 행할 수 있는 끔찍한 능력, 우리를 지배하는 끔찍하고 비밀스러운 힘을 가진 종족이다. 같은 성을 지닌 친구들에게 무시당하는 우리, 따분하고 별 볼 일 없으며 무슨 일을 해도 어울리지 않고 서투른 사람 취급을 받는 우리가 그런 다른 종족의 마음에 들 수 있을까?

　그러던 어느 날 학교 친구 중 제일 인기가 많고 모두에게 높은 평가를 받는, 반에서 1등인 친구가 갑자기 우리와 친구가 된다. 어떻게 된 일인지 알 수 없다. 그 아이의 파란 눈이 갑자기 우리에게 머물렀고, 어느 날 우리와 함께 집까지 걸어왔고, 우리를 좋게 생각하기 시작했다. 오후에는 숙제를 하러 우리 집에 온다. 반 1등의 귀중한 공책을 손에 들고 있다. 공책에는 예쁜 글씨가 파란색 잉크로 반듯하게 적혀 있다. 우리는 그 애의 완벽한 숙제를 베낄 수 있다. 어떻게 이런 행복이 찾아왔을까? 누구보다 거만하고 다가가기 제일 어려운 이 친구의 마음을 우리가 어떻게 얻었을까? 이제 친구가 방 안을 이리저리 돌아다니며 황갈색 머리를 우리 옆에서 흔들고 장밋빛 주근깨에 덮인 날카로운 옆얼굴을 우리 방의 익숙한 물건들에 기댄다. 열대지방의 희귀 동물이 기적적으로 길들여져 우리 집에 온 것 같다. 친구는 우리 방 안을 이리저리 돌아다니며 물건들이 어디서 났는지를 묻고 책을 빌릴 수 있는지 묻는다. 우리와 함께 간식을 먹고 자두 씨앗을 테라스 밖으로 뱉는다. 모두에게 무시당하던 우리가 가장 접근하기 어렵고 가장 예상치 못한 친구에게 선택을 받았다. 우리는 함께 있을 때 친구가 지루해하지 않도록, 영원히 우리를 떠나지 않도록 발작하듯 친구에게 말을 건다. 알고 있는 외설적인 말을 급히 다 끄집어내고 영화와 스포츠 이야기를 한다. 친구가 떠나고 나면 듣기 좋은 친구의 예쁜 이름을 한 음절씩 끝없이 불러본다. 그리고 내일 친구에게 들려줄 수천 가지 이야기를 준비한다. 우리는 미친 듯이 기뻐하며 친구가 우리와 모든 면에서 비슷하다고 상상하기 시작한다. 다음 날 우리는 생각했던 대화를 시도한다. 우리에 대해 모두 이야기한다. 심지어 인간도 사물도 존재하지 않을지 모른다는 혼란스러운 의심까지 이야기한다. 친구는 어리둥절한 눈으로 우리를 바라보다가 깔깔 웃고, 우리를 살짝 놀린다. 그래서 우리는 친구를 잘못 생각했으며 그런 문제를 이야기해선 안 된다는 것을 알아차린다. 우리는 다시 외설적인 말과 스포츠 이야기로 돌아간다.

한편 학교에서 우리의 상황이 갑자기 바뀐다. 친구 중

가장 평이 좋은 친구가 우리를 좋아하기 때문에 모두 우리를 좋게 생각한다. 이제 우리가 써서 낭송했던 우스운 시들은 박수갈채를 받는다. 예전에 우리 목소리는 떠들썩한 아이들의 목소리에 눌려 들리지도 않았는데 지금은 우리가 말하면 모두 조용히 듣는다. 이제 우리에게 질문을 하고 팔짱을 끼고 우리가 서툴게 하는 일들이나 운동을 할 때, 또는 어려운 숙제를 할 때 우리를 도와준다. 세상은 이제 기괴한 음모에 둘러싸인 곳이 아니라 친구들로 가득한 소박하고 웃음이 넘치는 작은 섬 같다. 우리 운명이 운 좋게도 이렇게 바뀌었지만 우리는 이제 하느님을 생각하지 않기 때문에 하느님에게 감사하지 않는다. 주위 친구들의 환한 얼굴, 여유롭고 행복하게 흘러가는 아침, 친구들을 웃게 하는 우리의 재미있는 말들 이외의 다른 것을 상상하는 것은 불가능해 보인다. 그리고 거울에 비친 우리 얼굴은 이제 어둡고 무표정하지 않으며 아침이면 친구들과 밝게 인사를 나누는 얼굴로 바뀐다. 이처럼 우리와 같은 성을 가진 친구들과의 우정에 힘입어 우리는 다른 종족, 우리와 다른 성을 가진 사람들을 바라볼 때 예전처럼 공포스럽지 않다. 우리는 이 다른 종족 없이도 잘 살 수 있을 것 같고 그들의 공감을 얻지 못해도 행복할 수 있을 것 같다. 학교 친구들과 어울려 재미있는 말을 해서 친구들을 웃기며 평생을 살고 싶은 마음이 들기도 한다.

그러다가 서서히 우리는 많은 친구 가운데 특히 우리와 같이 있는 것을 좋아하는 한 친구를 알게 된다. 그리고 우리는 그 친구에게 할 말이 무궁무진하다는 것도 깨닫는다. 그 친구는 반에서 1등도 아니고 다른 아이들에게 인기가 있는 것도 아니며 화려한 옷을 입지도 않는다. 하지만 친구는 엄마가 우리를 위해 골라준 것처럼 품질이 좋고 따뜻한 천으로 만든 옷을 입고 있다. 그리고 그 친구와 집으로 걸어가다가 그 친구가 다른 아이들처럼 화려하고 가벼운 게 아니라 우리처럼 튼튼하고 단순한 신발을 신고 있는 것을 발견한다. 차츰 우리는 그 친구의 집에서도 우리 집과 똑같은 습관이 있다는 것을 알게 된다. 친구는 목욕을 자주하고 친구의 엄마는 우리 엄마와 마찬가지로 애정 영화를 보러 가게 허락하지 않는다. 친구는 우리와 같은 부류다. 집안 환경도 똑같다. 이제 매일 오후에 찾아오는 1등 친구와 노는 게 지겨워진다. 매일 똑같이 외설적인 말들을 하는 것도 지쳤다. 그래서 1등 친구에게 우리가 관심을 갖는 이야깃거리들, 존재에 대한 의심 같은 문제들을 의기양양하게 꺼낸다. 어찌나 우쭐대고 대담하고 거만하게 말했던지 1등 친구는 그 말을 잘 이해하지 못한 채 소심하게 웃는다. 우리는 1등의 입술에서 소심하고 비겁한 미소를 본다. 그 친구는 우리를 잃을까 두려워한다. 우리는 이제 그 친구의 파란 눈에 더 이상 매혹되지 않는다. 이제는 1등 친구 옆에 있으면서 다른 친구의 동그란 갈색 눈에 이끌린다. 1등 친구는 그 사실을 알고 괴로워한다. 우리는 그 친구를 괴롭게 만든 게 자랑스럽다. 그러니까 우리도 누군가를 고통에 빠뜨릴 수 있는 것이다.

눈이 동그란 새 친구와 함께 우리는 1등 친구와 다른 친구들을 무시한다. 맨날 똑같이 외설스러운 소리만 떠드는 소란스럽고 저속한 아이들이라고 말이다. 우리는 이제 고상해지고 싶다. 새 친구와 함께 사람과 사물을 고상한지 저속한지의 관점에서 평가한다. 우리는 가능한 한 오래 소녀다움을 잃지 않는 게 고상한 일임을 알게 된다. 어떻게 해서든 화려하게 눈길을 끌려고 옷에 살금살금 달았던 것을 다 떼어버리자 엄마는 크게 안도한다. 옷차림에서처럼 우리는 행동과 습관에서도 소녀답게 단순하려고 애쓴다. 우리는 새 친구와 특별한 오후를 보낸다. 우리는 아무리 많이 이야기를 나눠도 늘 부족하다. 이제는 끝난 1등 친구와의 짧은 우정을 다시 생각하며 깜짝 놀란다. 1등 친구와 함께 노는 게 너무 힘들었던 것이다. 가짜로 웃느라 얼굴근육이 땅기고 눈이 따갑고 피부가 따끔거릴 정도였다. 영리한 척해야 하고 자신감을 드러내지 않으며 1등에게만 쓸 수 있는 몇 개 안 되는 단어를 계속 선택하는 일은 피곤했다. 새 친구와 있으면 편하고 즐겁다. 영리한 척할 필요도, 자신감을 숨길 필요도 없으며 하고 싶은 말을 막힘없이 자유롭게 할 수 있다. 존재에 관한 혼란스러운 의심도 친구에게 털어놓을 수 있다. 그러면 놀랍게도 친구도 그런 의심을 한다고 말한다. "그러면 넌 존재하는 거야?" 우리가 묻자 친구는 존재한다고 맹세한다. 우리는 한없이 행복하다.

우리는 친구와 동성인 것을 아쉬워한다. 이성이었다면 결혼을 해서 영원히 함께할 수 있었을 테니 말이다. 우리가 함께한다면 서로에 대한 두려움도 수치심도 공포도 없을 것이다. 지금도 행복하지만 우리 삶에는 그늘이 있다. 이성이 언제 우리를 사랑할지 알지 못하기 때문이다. 거리에서 남자들이 우리 곁에서 걷고 우리를 스쳐 지난다. 우리에 대한 생각이나 계획이 있을지도 모르지만 우리는 절대 알 길이 없다. 그들은 우리의 운명과 행복을 손에 쥐고 있다. 그들 중에 우리를 좋아하고 우리를 사랑하고 우리도 사랑할 수 있는 사람이 있을지도 모른다. 우리에게 꼭 맞는 사람 말이다. 그런데 어디에 있을까? 도시의 군중 속에서 어떻게 그 사람을 알아보고 그 사람에게 어떻게 우리의 존재를 알릴까? 도시의 어느 집에, 이 지구상 어디에 우리와 꼭 맞는 사람이 살고 있을까? 모든 면에서 비슷하고 우리가 무슨 질문을 해도 대답할 준비가 되어 있고 따분해하지 않으며 우리 말을 끝없이 들어주고 우리의 결점을 웃어넘기면서 평생 우리 얼굴을 보고 살 준비가 된 사람이 어디 있을까? 무슨 말을 해야 수천 명의 사람들 속에서 우리를 알아볼까? 어떤 옷을 입어야, 어느 곳으로 가야 그를 만날까?

이런 고민에 사로잡힌 우리는 이성 앞에서 극도로 수줍어하면서 그들 중 한 사람이 우리에게 꼭 맞는 사람인데 한마디 말실수로 그를 잃을까 두려워한다. 우리는 말을 꺼내기 전에 모든 단어를 신중하게 생각한다. 그러고는 목멘 소리로 급하게 말한다. 두려움 때문에 눈빛이 어둡고 무뚝뚝하게 행동한다. 우리는 이것을 알아차리지만 우리에게 어울리는 사람은 무뚝뚝한 행동이나 목멘 소리에도 우리를 알아볼 거라고 스스로에게 말한다. 우리를 알아보지 못한다면 우리에게 어울리는 사람이 아니기 때문이다. 우리에게 꼭 맞는 사람은 수천 명의 사람들 속에서도 우리를 알아보고 선택할 것이다. 우리는 우리에게 제일 잘 어울리는 사람을 기다린다. 매일 아침 일어나면서 바로 그날 그 사람을 만날지도 모른다고 말한다. 낡은 트렌치코트를 걸치고 허름한 신발을 신고 나가고 싶은 욕망을 누르고 잘 갖춰 입고 정성스레 머리를 빗는다. 우리에게 꼭 맞는 사람이 길모퉁이에 서 있을지도 모르니까. 우리 앞에 있는 사람이 우리에게 꼭 맞는 사람이라는 생각을 수천 번도 더 한다. 그의 이름을 들을 때나 콧날이나 미소를 볼 때 심장이 두근거린다. 갑자기 마음속으로 그 코와 이름과 미소가 우리와 가장 잘 어울리는 사람의 것이라고 결정했기 때문이다. 노란 바퀴가 달린 자동차와 노부인을 보고 우리는 걷잡을 수 없이 얼굴을 붉힌다. 그 차가 우리에게 꼭 맞는 사람의 것이고 노부인이 어머니일 거라고 생각하기 때문이다. 그 자동차를 타고 신혼여행을 떠날 테고 어머니는 우리를 축복해줄 게 분명하다. 갑자기 우리가 잘못 생각했다는 것을 알아차린다. 그 사람은 우리에게 맞는 사람이 아니다. 그는 우리에게 전혀 관심이 없으며 우리는 슬퍼할 겨를이 없어 슬프지도 않다. 순식간에 노란 바퀴가 달린 자동차, 이름, 미소가 퇴색되고 우리 삶을 둘러싼 수천 개의 무의미한 것들 속으로 사라져버린다. 하지만 우리는 슬퍼할 틈이 없다. 우리는 산으로 휴가를 떠날 것이고 그곳에서 우리에게 꼭 맞는 사람을 만날 거라고 확신한다. 눈이 동그란 친구와 헤어지지만 우리가 탄 기차가 우리에게 꼭 맞는 사람에게 데려다주리라고 굳게 믿기 때문에 그다지 슬프지는 않다. 친구역시 우리와 같은 확신을 가지고 있다. 무슨 이유로 갑자기 여름휴가에서 우리에게 꼭 맞는 사람을 만나리라 확신하게 되었는지 누가 알겠는가. 길고 지루하고 외로운 여름이 지나간다. 우리는 친구에게 끝없이 편지를 쓴다. 이루지 못한 만남을 위로하기 위해, 가족과 오랜 친분이 있는 사람이나 나이 든 친척들이 우리에 대해 호의적으로 말하면 그것을 정확하게 기억했다가 친구에게 편지로 전한다. 친구도 비슷한 편지들을 보내오는데 친구 역시 나이 든 친척에게 들은 지성이나 미모에 대한 호의적인 평가를 전한다. 고백하건대 가을에도 특별한 일은 일어나지 않는다. 하지만 우리는 실망하지 않는다. 가을이 되었고 우리는 친구와 다른 친구들을 다시 만나서 즐겁고 기쁘다. 우리는 생기발랄하게 가을을 맞는다. 우리에게 꼭맞는 사람이 넓은 가로수 길 모퉁이에서 우리를 기다리고 있을지도 모른다.

그러다가 친구와 서서히 거리를 두게 된다. 우리는 친구가 상당히 지루하고 '부르주아'적이라고 생각한다. 친구는 항상 고상함과 세련미에 집착한다. 이제 우리는 가난해지고 싶다. 우리는 가난한 친구들에게 관심을 가지며 난방이 안 되는 그 친구들의 집을 매일 자랑스레 찾아간다. 이제 우리는 낡은 트렌치코트를 자랑스레 입는다. 여전히 우리에게 꼭 맞는 사람을 만나기를 기대하고는 있지만 그 사람은 우리의 낡은 트렌치코트를 사랑하고 허름한 구두를, 우리가 피우는 값싼 담배를, 장갑을 끼지 않아 새빨개진 손을 사랑해야 한다. 해 질 녘에 우리는 낡은 트렌치코트를 입고 홀로 도시 변두리의 주택가를 걷는다. 우리는 변두리와 강을 따라 자리한 작은 술집의 간판들을 발견했다. 분홍색의 긴 셔츠와 작업복과 커피색 속옷들이 걸린 작은 상점들 앞에서 걸음을 멈추고 생각에 잠긴다. 우리는 낡은 엽서와 오래된 머리핀들이 진열된 진열장 앞에서 넋을 잃는다. 우리는 낡고 먼지 쌓이고 초라한 것을 모두 다 좋아한다. 초라하고 먼지 쌓인 것을 찾아 온 도시를 돌아다닌다. 그사이 억수 같은 비가 쏟아져 우리의 낡은 트렌치코트 위로 흘러내리고 모자를 쓰지 않은 머리도 적신다. 우리는 우산이 없다. 우산을 들고 외출하느니 차라리 죽는 게 낫다. 우리는 우산도 모자도 장갑도 전차를 탈 돈도 없다. 우리가 가진 것이라고는 주머니에 든 더러운 손수건 한 장과 짓눌린 담배들과 성냥개비 몇 개가 전부다.

갑자기 가난한 사람들이 우리의 이웃이라고, 가난한 사람들은 우리가 사랑해야 할 이웃이라는 생각이 들었다. 우리는 주변의 가난한 사람들이 지나는 길을 예의 주시한다. 눈먼 거지를 도와 길을 함께 건널 기회를 엿보고 웅덩이에서 미끄러진 할머니에게 우리 팔을 내어줄 준비를 한다. 좁은 골목에서 노는 어린아이들의 더러운 머리카락을 손가락 끝으로 수줍게 쓰다듬는다. 비에 흠뻑 젖어 추위에 덜덜 떨며 의기양양하게 집으로 돌아온다. 하지만 우리는 지금 가난하지 않고 공원의 벤치에서 밤을 보내지 않는다. 양철 냄비 안의 시커먼 죽을 먹지 않는다. 그건 단지 우연일 뿐이다. 내일 아주 가난해질 수 있다.

한편 우리가 만나지 않는 친구는 우리 때문에 슬퍼한다. 우리가 반의 1등을 만나지 않았을 때 그 친구가 슬퍼했던 것처럼. 우리는 그것을 알고 있지만 양심의 가책을 느끼지는 않는다. 오히려 일종의 은밀한 쾌감을 느낀다.

누군가 우리 때문에 고통을 받는다면 그건 우리가 타인을 고통스럽게 할 힘을 손에 쥐고 있다는 뜻이기 때문이다. 오랜 시간 너무나 나약하고 의미 없는 존재라고 생각했던 우리가 말이다. 우리가 냉소적이고 사악한 사람일지도 모른다는 생각은 하지 않는다. 그 친구가 이웃이라는 생각을 하지 않아서다. 우리는 부모님조차 이웃이라고 생각하지 않는다. 이웃은 가난한 사람들뿐이다. 우리는 환한 불이 비치는 식탁에 앉아 좋은 음식을 먹는 부모님을 심각한 눈으로 바라본다. 우리도 그 좋은 음식을 먹지만 그건 우연이고 아주 잠깐일 뿐이다. 얼마 후면 우리에게는 검은 빵과 양철 냄비밖에 없을 것이다.

어느 날 우리는 꼭 맞는 사람을 만난다. 그 사람이라는 것을 몰랐기 때문에 무관심하다. 우리는 꼭 맞는 그 사람과 도시의 변두리를 걷고 차츰 매일 함께 산책하는 습관을 갖는다. 이따금 지금 산책하는 사람이 우리에게 꼭 맞는 사람인지 궁금하다. 그러나 곧 틀림없다고 생각한다. 우리는 너무 조용하다. 땅과 하늘은 변함이 없다. 시간은 우리 마음속에 깊은 울림을 남기지 않은 채 조용히 흘러간다. 우리는 이미 여러 번 실수를 했다. 꼭 맞는 사람을 만났다고 믿었지만 아니었다. 그렇게 보였던 그 사람 앞에서 우리는 격렬한 감정의 소용돌이에 휘말려 생각할 힘을 거의 찾을 수 없었다. 우리는 불타오르는 마을 한가운데에 서 있는 사람처럼 살고 있는 우리를 발견했다. 나무, 집, 물건들이 우리 주위에서 활활 타올랐다. 그러다가 갑자기 불이 사그라졌고 남은 거라고는 꺼져가는 불씨 몇 개뿐이었다. 우리 등 뒤에서 셀 수 없을 정도로 많은 마을이 불에 탔다. 이제 우리 주변에서는 아무것도 불타고 있지 않다. 몇 주, 몇 달 동안 우리는 꼭 맞는 사람과 함께 보내면서도 그 사람이 우리가 찾던 사람이라는 것을 알지 못한다. 다만 가끔 혼자 있을 때 그 사람을, 입술의 곡선과 어떤 행동과 특별한 억양의 목소리를 다시 생각한다. 다시 생각해보면 가슴이 살짝 뛴다. 하지만 미세하고 막연해서 알아차리지 못한다. 그 사람과 있으면 이상하게 항상 기분이 좋고 평화롭고 깊이 호흡할 수 있으며 오랜 시간 무섭게 찌푸렸던 이마가 갑자기 편안하게 펴지는 기분이다. 우리는 아무리 이야기를 나누어도 피곤한 줄 모른다. 우리는 다른 어떤 이와도 이런 관계를 맺은 적이 없다는 사실을 깨닫는다. 얼마 지나지 않아 모든 인간이 다 무해하고 단순하고 작아 보였다. 이 사람은 심각한 옆모습을 보이며 우리와 다른 걸음걸이로 함께 걸으면서 우리에게 선과 악을 모두 행할 수 있는 무한한 능력을 소유했다. 그런데도 우리는 한없이 평온하기만 하다.

우리는 집을 떠나 이 사람과 영원히 살러 간다. 이 사람이 꼭 맞는 사람이라는 확신 때문이 아니다. 오히려 전혀 확신이 없으며 도시 어디엔가 진짜 우리에게 꼭 맞는 사람이 있을지 모른다는 의심을 떨치지 못한다. 하지만 우리는 그런 사람이 어디 숨어 있는지 알고 싶지 않다. 지금 함께 살고 있지만, 어쩌면 우리와 꼭 맞는 사람이 아닐지도 모르는 이 사람에게 하고 싶은 말을 다 했기 때문에 그 사람을 만나도 이제 할 말이 거의 없다고 생각한다. 우리 삶의 좋은 일과 나쁜 일을 이 사람으로부터, 이 사람과 함께 받아들이고 싶다. 가끔 이 사람과 심각하게 대립하지만 우리 안의 무한한 평화가 깨지지는 않는다. 여러 해가 지난 후에야, 습관과 기억과 격렬한 의견 대립들이 우리와 이 사람 사이에 촘촘한 그물망을 만들어낸 후에야 비로소 우리는 이 사람이 정말 우리에게 꼭 맞는 사람이라는 것을 알게 될 것이다. 우리는 다른 사람을 견디지 못했을 것이며 이 사람에게만 우리 마음이 원하는 것을 뭐든 요청할 수 있으리라는 것도.

이제 우리가 살게 된 새집에서 우리는 더 이상 가난하

고 싶지 않다. 아니, 가난이 약간 두렵기까지 하다. 부모님의 집에서 카펫에 늘 잉크를 쏟곤 하던 우리가 주위의 물건들에, 테이블과 카펫에 이상한 애정을 느낀다. 카펫에 대한 우리의 새로운 애정이 약간 걱정스럽기도 하고 조금은 부끄럽기도 하다. 우리는 여전히 변두리의 거리를 산책하지만 집으로 돌아오면 진흙이 묻은 신발을 현관 매트에 조심스레 닦는다. 우리는 어두운 도시 쪽으로 난 집 안의 덧창을 내리고 전등불 아래 앉아 있으면서 새로운 기쁨을 느낀다. 환한 불빛이 비치는 식탁에서 수프를 먹으며 우리와 함께 사는 사람에게 우리의 생각을 전부 다 이야기하기 때문에 친구를 만나고 싶은 생각이 별로 들지 않는다. 다른 사람들에게는 말을 할 가치가 없어 보인다.

아이들이 태어나고 가난에 대한 두려움이 점점 커진다. 언젠가는 사라질 연약한 육신을 가진 우리 아이들이 겪을 위험이나 고통에 대한 끝없는 두려움이 우리 안에서 자라난다. 과거에는 우리의 육신이 연약하고 언젠가는 사라진다는 생각을 해본 적이 없었다. 우리는 전혀 예기치 못한 모험에라도 뛰어들 준비가 되어 있으며 아주 먼 곳으로, 나병 환자와 식인종들에게로 언제든 달려갈 만반의 준비도 되어 있다. 전쟁, 전염병, 전 지구적 재앙에 관한 예측에 우리는 전혀 관심이 없다. 우리는 우리 몸에 그 많은 두려움과 연약함이 존재한다는 것을 몰랐다. 잔인할 정도의 부드러움과 두려움이라는 밧줄로 우리가 삶에 묶여 있다는 것을 실감했다. 우리가 상상도 하지 못한 일이었다. 우리끼리 시내를 끝없이 걸을 때 우리의 발걸음은 얼마 힘 있고 자유로웠던지! 우리는 일요일에 유아차를 밀며 넓은 가로수 길을 천천히 산책하는 가족들, 아버지와 어머니들을 아주 가여운 눈으로 바라보았다. 지루하고 불행해 보였다. 이제 우리도 그런 가족 중의 하나가 되어 유아차를 밀며 천천히 가로수 길을 걷는다. 우리는 불행하지 않다. 아니, 행복하다. 하지만 이 행복을 언제든 영원히 잃어버릴 수도 있다는 극도의 두려움 때문에 지금의 행복을 누리기 힘들다. 우리가 미는 유아차 안의 아기는 너무나 작고 연약하다. 우리와 아기를 연결하는 사랑은 어찌나 불안하고 두려운지! 바람만 불어도, 하늘에 구름만 끼어도 걱정이다. 비가 오지 않으려나? 비가 오는 날이면 머리에 모자도 쓰지 않고 물웅덩이에 발이 빠져 비에 흠뻑 젖던 우리 아니던가! 이제는 우산이 있다. 집의 현관 방에 우산꽂이도 있으면 좋겠다. 우리는 혼자서 자유롭게 도시를 돌아다닐 때는 상상도 하지 못했던 이상한 욕망에 사로잡힌다. 우리는 우산꽂이, 옷걸이, 시트, 수건, 캠핑용 버너, 냉장고를 갖고 싶다. 우리는 이제 변두리를 찾지 않는다. 가로수 길과 저택과 정원 들을 걷는다. 머릿니나 병이 옮을까봐 걱정돼서 너무 더럽거나 가난한 사람이 아이들에게 접근하지 않도록 조심한다. 구걸하는 사람들을 보면 서둘러 피한다.

우리가 불안하고 두려운 마음으로 아이들을 사랑하다 보니 우리에게는 다른 이웃이 없었던 것 같고 앞으로도 없을 것 같다. 우리는 이 땅에 태어난 우리 아이들이란 존재에 아직 익숙하지 않다. 우리 삶에 나타난 그 아이들로 인해 아직도 어리둥절하고 당황스럽다. 우리는 이제 친구가 없다. 아니, 좀 더 정확히 말하면 우리 아이가 아프면 몇 안 되는 우리 친구들을 당장 미워하게 된다. 친구와 같이 있느라 잔인할 정도로 부드러운 단 하나뿐인 아이에게 집중하지 못했으므로 아이가 아픈 게 그 친구 탓 같다. 우리는 이제 일이 없다. 우리에겐 직업이, 사랑하는 일이 있었다. 그런데 지금은 일에 관심을 기울이기가 무섭게 죄책감을 느끼며, 잔인할 정도로 부드러운 단 하나뿐인 아이에게로 급히 돌아온다. 우리에게 햇살이 좋은 어느 날이나 푸르른 풍경은 아이에게 일광욕을 시키거나 아이가 초록 풀밭에서 놀 수 있다는 의미일 뿐이다. 우리는 즐기거나 사고하는 능력을 모두 잃어버렸다. 모든 사물을 의심과 걱정이 섞인 눈으로 바라본다. 우리는 녹슨 못이나 바퀴벌레, 우리 아이에게 위험한 것들은 없는지 살핀다. 청결하고 쾌적한 마을에서 깨끗한 동물들과 친절한 사람들과 살고 싶다. 우리가 매혹되었던 거친 세계는 이제 그 매력을 잃었다.

그리고 세상 그 무엇보다 친숙하고 사랑스러운 아이의 머리를 바라보면서, 또 땅바닥에 앉아 통통한 손으로 흙 언덕을 만드는 아이를 바라볼 때면 이따금 우리가 얼마나 어리석게 변했는지를 생각하며 안타까워한다. 우리가 얼마나 어리석어졌는지, 우리의 생각은 호두 껍질에나 들어갈 정도로 작고 나태한 동시에 어찌나 짜증 나고 숨이 막히는지! 우리를 매료시켰던 거친 세계, 우리 젊은 날의 활력과 생생하고 자유로운 리듬, 새로운 사물을 대담하게 발견하던 나날, 단호하고 눈부신 시선, 당당한 걸음걸이는 어디로 갔을까? 우리 이웃은 지금 어디 있는 걸까? 하느님은 어디 있을까? 우리는 아이가 아플 때만 하느님을 떠올리고 기도한다. 우리 이와 머리카락이 다 빠져도 좋으니 우리 아이를 낫게 해달라고 기도한다. 아이가 낫자마자 하느님을 잊는다. 우리의 이와 머리카락은 멀쩡하다. 우리는 다시 편협하고 나태하고 피곤한 생각들을 하기 시작한다. 녹슨 못, 바퀴벌레, 시원한 초원, 아이가 먹을 죽을 떠올린다. 우리는 미신을 믿기도 한다. 우리는 계속 주문을 외운다. 책상에 앉아 글을 쓰다 벌떡 일어나서 주문을 외우며 전등을 세 번 껐다 켠다. 그것만으로도 불행에서 우리를 구할 수 있으리라는 생각이 불현듯 떠올랐기 때문이다. 우리는 고통을 거부한다. 고통이 우리를 향해 오는 것을 느끼며 들키지 않으려고 소파 뒤에, 커튼 뒤에 숨는다.

그러나 그때 고통이 우리를 향해 온다. 우리는 고통을 기다렸던 것도 같은데 즉시 알아보지 못한다. 그 이름을 바로 부르지 않는다. 우리는 기절할 듯 놀라고 아무것도 믿으려 하지 않지만, 그래도 다 원래대로 돌아올 거라고 확신한다. 집 계단을 내려와서 그 집의 문을 영원히 닫는다. 우리는 흙먼지가 이는 길을 끝없이 걷는다. 그들은 우리를 쫓고 우리는 몸을 숨긴다. 수도원과 숲과 헛간과 골목에, 배의 선창과 지하실에 숨는다. 우리는 길에서 제일 먼저 만난 사람에게 도움을 청하는 법을 배운다. 그 사람이 적인지 친구인지, 우리를 구해줄지 배신할지 알지 못한다. 하지만 우리에게는 선택의 여지가 없다. 그 순간 그에게 우리 인생을 맡긴다. 우리는 길에서 제일 먼저 만난 사람을 도와주는 법도 배운다. 그리고 잠시 후, 몇 시간이나 며칠 뒤, 카펫과 전등이 있는 우리 집으로 돌아가리라는 믿음을 간직하고 있다. 그때가 되면 우리는 위로를 받고 마음이 편안해질 것이다. 우리 아이들은 깨끗한 놀이옷에 빨간 슬리퍼를 신고 바닥에 앉아 놀겠지. 우리는 아이들을 데리고 역에서, 교회 계단에서, 허름한 여관에서 잠을 잔다. 우리는 가난하다고 생각하지만 거기에는 어떤 자부심도 담겨 있지 않다. 유치한 자부심은 서서히 흔적도 없이 사라진다. 우리는 진짜 배가 고프고 진짜 춥다. 이제 두렵지 않다. 두려움은 우리 내부로 파고들어 우리의 피로와 하나가 된다. 그것은 메마르고 무심한 눈으로 사물을 바라보는 우리의 시선이다.

이따금 피로의 밑바닥에서 사물에 대한 인식들이 올라오는데, 그것은 눈물이 날 정도로 날카롭다. 어쩌면 우리가 이 땅을 바라보는 게 마지막일 수도 있다. 하지만 우리는 거리의 먼지와 크게 지저귀는 새들의 노랫소리와 힘겹게 내쉬는 호흡과 우리를 연결하는 사랑을 이토록 강렬하게 느낀 적이 없었다. 우리는 힘겹게 내쉬는 그 호흡보다 훨씬 강하다고 느낀다. 그 호흡은 더 이상 우리의 것이 아닌 양 희미하고 까마득히 멀기만 하다. 우리 아이들을 이렇게 사랑한 적이 없었다. 우리 품에 안긴 아이들의 몸, 우리 뺨을 스치는 아이들의 머리카락, 우리는 아이들 때문에 이제 더 이상 두려움에 사로잡히지 않는다. 할 수 있으면 아이들을 보호해달라고 하느님에게 기도한다. 뜻대로 하라고 기도한다.

어느 날 아침 우리는 거울에 비친, 주름지고 볼이 푹 꺼진 얼굴을 보며 생각한다. 이제 진정한 어른이 되었구나. 자부심도 호기심도 없이 약간의 연민을 가지고 그 얼굴을 본다. 우리는 다시 거울이 있는 방을 갖게 되었다. 얼마 후면 새 카펫을, 어쩌면 전등을 갖게 될지도 모른다. 그러나 우리는 너무나 사랑하는 사람들을 잃었다. 그러니 카펫이며 빨간 슬리퍼가 무슨 의미가 있겠는가? 우리는 죽은 이들의 물건을 정리하고 보관하는 방법을 배운다. 그들과 함께했던 장소를 홀로 찾는 법과 주위에 침묵이 흐를 때 그들에게 말을 거는 법도 배운다. 이제 우리는 죽음이 두렵지 않다. 사랑하는 얼굴 위에 흐르던 위대한 침묵을 기억하며 시시각각 죽음을 바라본다.

이제 우리는 진정한 어른이라고 생각한다. 어른이 된다

는 게 이런 것이라는 사실에 깜짝 놀란다. 우리가 어린 시절 생각했던 것과는 너무나 다르고 진정한 자신감도 없으며 지구상의 모든 것을 평온하게 소유하고 있지도 않다. 우리가 어른인 이유는 우리 등 뒤에 죽은 사람이 조용히 존재하기 때문이며 그들에게 우리의 현재 행동에 대한 조언을 구하고 과거의 모욕적인 언행에 대한 용서를 구하기 때문이다. 죽음을 두려워하면서도 죽음은 치유할 수도, 돌이킬 수도 없다는 것을 알지 못했을 때 우리가 했던 잔인한 말들과 행동을 과거에서 지워버리고 싶다. 소리 없는 모든 응답, 우리 안에 가지고 있는 죽은 이들의 소리 없는 용서 때문에 우리는 어른이다. 어느 날 우리가 살아 있다고 느꼈던 그 짧은 순간 때문에 우리는 어른이다. 그때 우리는 세상의 모든 것을 마지막인 듯 바라보며, 그것들을 소유하기보다는 하느님의 뜻에 맡겼다. 그때 갑자기 이 세상의 모든 게 하늘 아래 제자리에 있는 것처럼 보였다. 인간도 마찬가지였다. 우리는 우리에게 주어진 유일한 장소에서 우리 자신을 바라보았다. 인간과 사물과 기억들, 모든 게 하늘 아래 제자리에 있는 듯했다. 그 짧은 순간 우리는 흔들리는 삶에서 균형을 찾았다. 그 순간 우리는 비밀을 다시 발견하고, 우리 일에 사용할 말들과 이웃을 위한 우리의 말을 찾을 수 있을 듯했다. 이웃과 함께 있을 때마다 그가 자신의 주인인지 하인인지가 항상 궁금한 사람처럼, 두려워하거나 거만한 눈으로 이웃을 바라보는 게 아니라 항상 올바르고 자유로운 시선으로 이웃을 바라볼 수 있을 것 같았다. 우리는 평생 주인이거나 하인이 되는 법밖에 알지 못했다. 하지만 우리의 비밀스러운 그 순간에, 완벽한 균형을 이루었던 그 순간에 우리는 이 세상에 주인도 하인도 없다는 것을 알게 되었다. 그래서 이제 우리는 우리의 비밀스러운 순간으로 돌아가면서 다른 사람들도 이미 우리와 같은 경험을 했는지, 아니면 아직 그런 순간과 멀리 떨어져 있는지 알고자 할 것이다. 이것이 우리가 알아야 할 중요한 사실이다. 인간의 삶에서 그것은 가장 고귀한 순간이다. 우리는 다른 사람의 운명의 가장 고귀한 순간을 주시하면서 그들과 함께하는 게 필요하다.

놀랍게도 우리는 어른이 되어서도 이웃 앞에서 예전과 마찬가지로 수줍어한다는 것을 알아차린다. 인생의 경험은 수줍음에서 벗어나는 데 아무런 도움도 주지 않았다. 우리는 여전히 숫기가 없다. 다만 이제 그게 중요하지 않다. 수줍어하고 부끄러워할 권리를 획득한 것 같다. 우리는 소심하지 않게 수줍어한다. 대담하게 수줍어한다. 수줍어하며 우리 내면에서 적절한 언어를 찾는다. 우리는 그것들을 발견해서, 수줍어하기는 하지만 별 힘들이지 않고 발견해서 기분이 좋다. 우리 안에 그렇게 많은 말을 가지고 있다는 게 기쁘다. 이웃을 위한 말들이 너무나 많아 우리는 쉽고 자연스럽게 그 말에 도취된 듯하다. 인간관계에 대한 우리의 이야기는 절대 끝나지 않는다. 인간관계는 차츰 너무 쉬워지고 너무 자연스럽고 너무 자발적이 된다. 따라서 인간관계는 재산도 발견도 선택도 아니다. 그것은 그저 습관이며 만족이며 자연스러움에 도취된 상태다. 우리는 우리의 그 비밀스러운 순간으로 돌아갈 수 있으며 거기서 올바른 말을 길어 올릴 수 있다고 생각한다. 하지만 항상 돌아갈 수 있다는 것은 사실이 아니고 대부분 우리의 회귀는 거짓 회귀다. 가짜로 눈을 반짝이며 이웃을 배려하고 따뜻하게 대하는 척하지만, 실상은 다시 위축되어 깜깜한 마음속에 얼어붙은 채 웅크리고 있다. 인간관계는 매일 재발견되고 재창조되어야 한다. 이웃과의 모든 만남이 인간적인 행동이므로 항상 나쁘거나 좋기도 하고 진실이거나 거짓일 수 있고 친절을 베풀거나 죄를 지을 수도 있다는 것을 언제나 잊지 말아야 한다.

우리는 이제 어른이 되었고 사춘기에 접어든 우리 아이들은 벌써 돌같이 차가운 눈으로 우리를 본다. 그 눈빛의 의미를 잘 알면서도, 우리도 똑같은 눈으로 부모님을 본 적이 있다는 것을 기억하면서도 마음이 상한다. 우리는 이미 인간관계의 긴 사슬이 어떻게 풀려나가는지, 그것이 어떤 긴 포물선을 그려야만 하는지, 약간의 연민을 얻기까지 우리가 지나야 할 길이 얼마나 먼지 너무나 잘 알지만, 그래도 그 눈빛에 마음이 상해 불평하고 아이들의 행동에 수상한 게 없는지 소리 죽여 묻는다.

작은 미덕들

자녀를 교육할 때 나는 작은 미덕들이 아니라 큰 미덕들을 가르쳐야 한다고 생각한다. 절약이 아니라 돈에 대한 관대함과 무관심을 가르쳐야 한다. 신중함이 아니라 용기와 위험을 두려워하지 않는 태도를 가르쳐야 한다. 기민함이 아니라 솔직함과 진리에 대한 사랑을, 외교술이 아니라 이웃에 대한 사랑과 헌신을, 성공에 대한 욕망이 아니라 존재하는 법과 앎에 대한 열망을 가르쳐야 한다.

하지만 대개 우리는 그 반대로 행동한다. 우리는 작은 미덕들을 존중하도록 서둘러 가르치려고 하는데 전체 교육체계가 이 작은 미덕들에 기반을 두고 있기 때문이다. 이런 식으로 우리는 가장 편한 길을 선택한다. 작은 미덕에는 어떤 물리적 위험도 포함되어 있지 않을 뿐만 아니라 운명의 타격을 피하게 해준다. 우리는 큰 미덕들을 가르치기를 소홀히 한다. 그렇지만 그것을 사랑하고 우리 자녀들이 그것을 갖고 있기를 바란다. 하지만 우리는 큰 미덕들이 본성이라 생각하면서 앞으로 어느 날 자녀들의 의식에 자발적으로 생겨날 것이라고 믿는 반면 작은 미덕은 숙고와 계산의 결과처럼 여긴다. 그래서 우리는 반드시 작은 미덕을 가르쳐야 한다고 생각한다.

사실 차이는 표면적일 뿐이다. 작은 미덕들도 우리의 가장 깊은 본능에서, 방어 본능에서 기인한다. 하지만 그 속에서 이성이 말하고 판단하고 논의를 펼치면서 개인적인 안전을 변호하는 뛰어난 변호사 역할을 한다. 큰 미덕들은 이성이 말을 하지 않는 본능, 내가 이름을 붙이기 어려운 본능에서 탄생한다. 우리의 가장 훌륭한 부분은 그 말 없는 본능에 있다. 이성의 목소리로 열변을 토하고 판단하고 논의를 펼치는 방어 본능 속에 있는 게 아니다.

교육은 우리와 아이들 사이에 우리가 설정한 어떤 관계이자 감정, 본능, 생각이 무르익는 특정한 분위기일 뿐이다. 지금 나는 작은 미덕들을 존중하는 분위기가 만연하다면 냉소주의나 삶에 대한 두려움이 알게 모르게 커진다고 생각한다. 작은 미덕 그 자체로는 냉소주의나 삶에 대한 두려움과는 아무 관련이 없다. 하지만 작은 미덕들이 모두 합쳐지면, 그리고 큰 미덕들을 가지고 있지 않으면 그런 결과들로 이어지는 분위기가 조성된다. 작은 미덕은 그 자체로 경시의 대상이 되지는 않지만, 그것들의 가치는 본질적이 아니라 보완적인 데 있다. 작은 미덕들은 다른 미덕 없이 혼자 있을 수 없으며 다른 미덕 없이 혼자 있다면 그것은 인간의 본성을 위한 초라한 음식이 되고 말 것이다. 사람들이 꼭 필요할 때 적절하게 작은 미덕을 실행하는 방법은 주위에 무수히 많으며 공기와 함께 호흡할 수도 있다. 작은 미덕들이 아주 일반적이고 사람들 사이에 널리 퍼져 있기 때문이다. 하지만 큰 미덕들은 공기와 함께 호흡할 수 없다. 그리고 그것은 아이들과 우리 관계의 기초가 되고 교육의 첫 번째 토대가 되어야 한다. 게다가 큰 것은 작은 것을 수용할 수 있다. 하지만 자연의 법칙상 작은 것은 어떤 식으로든 큰 것을 수용할 수 없다.

자녀들과의 관계에서 우리 부모가 우리에게 했던 방식을 기억하고 모방하려고 노력하는 것은 아무 도움이 되지 않는다. 우리의 어린 시절과 젊은 시절은 작은 미덕의 시대가 아니었다. 그때는 강하고 시끄러운 언어의 시대였지만, 그것들은 서서히 실체를 잃어갔다. 지금은 나지막하고 차가운 언어의 시대다. 어쩌면 그 언어의 이면에서 예전의 언어를 탈환하고 싶은 욕망이 되살아날지도 모른다. 하지만 그것은 소심한 욕망이다. 조롱에 대한 두려움으로 가득 차 있다. 그래서 우리는 신중하고 기민하게 우리를 다시 포장한다. 우리 부모들은 신중하지도 기민하지도 못했다. 조롱을 두려워하지 않았다. 그들은 모순투성이였고 일관성이 없었지만 그걸 깨닫지 못했다. 끊임없이 모순적으로 행동했지만 누군가 자신들에게 모순된 행동을 하는 것은 허용하지 않았다. 그들은 우리에게 권력을 사용했는데 우리는 도저히 그렇게 할 수 없을 것이다. 그들은 무너질 수 없다고 믿었던 자신들의 원칙으로 무장하고 절대적인 힘으로 우리를 좌지우지했다. 천둥소리 같은 그들의 말소리에 우리는 귀가 먹먹했다. 자신들이 틀렸다는 의심이 들자마자 우리에게 조용히 하라고 명령했으므로 대화는 불가능했다. 주먹으로 식탁을 세게 내리쳐서 방이 흔들렸다. 그 몸짓을 기억하지만 흉내를 낼 수는 없다. 우리는 분노하고 늑대처럼 울부짖을 수 있다. 하지만 그 늑대의 울부짖음 밑바닥에는 발작적인 흐느낌과 목이 쉰 어린양의 울음소리만 있을 뿐이다.

그러니까 우리에게는 권력이 없다. 무기도 없다. 우리에게 권력이 있다면 그것은 위선과 가식일 것이다. 우리

는 우리의 나약함을 매우 잘 알고 있으며 지나치게 우울
하고 자신이 없을 뿐만 아니라 일관성 없고 모순투성이라
는 것을 강하게 의식한다. 우리의 결점 역시 마찬가지다.
우리는 우리의 내면을 너무 깊이 들여다보았고 그 안에서
지나치게 많은 것을 발견했다. 우리에게 권력이 없으므로
다른 관계를 새롭게 만들어야 한다.

　오늘날에는 부모와 자식 간의 대화가 가능해졌다. 지금
도 여전히 어렵고 서로에 대한 편견과 쑥스러움과 금지
사항이 있기는 해도 가능하긴 하다. 이런 대화에서는 우
리가 어떤 사람인지를 드러내는 게 꼭 필요하다. 우리는
불완전한 존재이며, 우리 자식들은 우리를 닮지 않았고
우리보다 훨씬 강하고 나은 존재라고 확신한다는 것을 보
여야 한다.

　우리는 어떤 식으로든 돈 문제에 시달리기 때문에 자녀
들에게 가르쳐야 할 첫 번째 작은 미덕으로 절약을 제일
먼저 떠올린다. 우리는 자녀들에게 저금통을 주면서 돈을
쓰지 않고 그 안에 보관해서 몇 달 뒤에 많은 돈이 쌓이
면 얼마나 좋은지 설명한다. 돈을 쓰고 싶은 욕구를 이겨
냈다가 마침내 특별한 물건을 사면 굉장히 기분 좋을 거
라고 더불어 알려준다. 우리는 어린 시절 똑같은 저금통

을 선물로 받았던 것을 기억한다. 하지만 우리가 어렸을 때는 돈과 그것을 모으는 즐거움이 오늘날처럼 끔찍하고 역겹지 않았다는 사실을 잊어버린다. 돈은 시간이 지나면 지날수록 점점 더 역겨워지기 때문이다. 그러니까 저금통은 우리의 첫 번째 실수다. 우리는 교육체계 속에 절약을 작은 미덕으로 집어넣었다. 배나 사과 모양의 무해한 이 도자기 저금통은 몇 달 동안 아이들 방에 놓여 있어서 아이들은 저금통이 거기 있다는 사실에 익숙해진다. 매일 그 작은 구멍에 돈을 넣는 재미에 길들여진다. 그 안에 보관된 돈에 익숙해진다. 비밀스럽고 어두운 그 안에서, 대지의 자궁에서 씨앗이 자라듯 돈이 자란다. 우리가 잘 돌보아서 성장하는 모든 것, 가령 작은 식물이나 동물에게 애착을 가지듯이 아이들은 처음으로 순진무구하게 돈에 애착을 갖는다. 그리고 가게 진열장에서 본 비싼 물건들을 동경하며 우리가 말했듯이 절약해서 모은 돈으로 살 수 있을 거라는 꿈을 꾼다. 저금통을 깨서 다 써버리면 아이들은 실망하고 허전해한다. 이제 방에는 사과의 배 속에 보관되어 있던 돈이 더 이상 없다. 분홍색 장미 저금통조차 없다. 대신 가게 진열장에는 아이들이 오랫동안 갖고 싶어 했고, 우리가 그것의 중요성과 가치를 강조했던 물건이 있다. 그렇게 오래 기다렸고 그동안 모은 그 많은 돈을 다 쓰고 나서 얻은 그 물건이 지금 방 안에 있지만, 칙칙하고 초라하고 그저 그런 물건 같아 보인다. 아이들은 이런 실망감이 돈이 아니라 물건 그 자체에서 기인한다고 생각한다. 이미 써버린 돈은 기억 속에 여전히 매력적인 약속으로 간직되어 있기 때문이다. 아이들은 새 저금통과 저축할 새로운 돈을 달라고 할 것이다. 그리고 생각과 관심을 돈에 돌릴 텐데 이것은 아이들에게 좋지 않다. 아이들은 물건보다 돈을 더 좋아하게 될 것이다. 실망을 한 게 문제가 아니라 돈이 없으면 허전하다고 생각하는 게 좋지 않다.

우리는 자녀들에게 절약을 가르치지 말고 소비에 익숙해지는 법을 가르쳐야 한다. 우리는 종종 아이들에게 약간의 돈을, 대수롭지 않을 정도로 작은 액수를 주며 당장, 그 순간의 욕구에 따라 마음대로 그 돈을 쓰도록 격려해야 한다. 아이들은 시시한 장난감 같은 것들을 사고는 곧 잊어버릴 텐데, 그와 더불어 크게 집착하지 않고 별생각 없이 급히 쓴 돈도 잊을 것이다. 손에 든 장난감이 금방 망가지면 약간 실망하겠지만, 곧 그 실망감도 장난감도 돈도 다 잊을 것이다. 아니, 돈을 일시적이고 어리석은 뭔가와 연결시킬 것이다. 어린 시절 생각한 게 다 옳다고 믿기 때문에 돈은 어리석은 거라고 생각할 것이다.

아이들은 인생의 초반에 돈이 뭔지 모르는 게 맞다. 우리가 너무 가난해서 이게 불가능한 경우도 있고 너무 부자여서 어려울 때도 있다. 그렇지만 우리가 아주 가난해서 돈이 일상의 생존과 삶과 죽음의 문제와 밀접하게 연결되었을 때 돈은 아이들의 눈에 음식이나 석탄이나 옷으로 해석되어 정신에 해를 입히지 않는다. 만일 우리가 부자도 아니고 가난하지도 않으며 그냥저냥 살아간다면 아이가 어린 시절 돈이 무엇인지 잘 모르고 돈에 전혀 신경을 쓰지 않은 채 살아가게 하는 일은 어렵지 않다. 그렇지만 돈에 대한 무지를 너무 빠르지도 느리지도 않게 깨우쳐줘야 한다. 만일 우리가 경제적으로 어려움을 겪고 있다면 우리 아이들이 너무 빠르지도 늦지도 않게 그 사실을 알고 있어야 한다. 어느 시점에 이르러 우리의 걱정과 우리가 기뻐하는 이유와 우리의 계획, 그러니까 가정생활과 관련된 모든 것을 아이들과 공유하는 게 옳다. 그리고 가족의 돈은 우리와 아이들 공동의 것이라고, 그러니까 우리가 더 많이 소유하는 것도 아니고 그 반대도 아니라고 생각하는 습관을 갖게 해서 아이들에게 절제를 하고 소비를 할 때 돈에 더 신경을 쓰도록 격려할 수 있다. 그리고 이런 식으로 절약을 권하는 것은 작은 미덕에 대한 존중이 아니며, 돈처럼 그 자체로 존중받을 가치가 없는 것을 존중하라는 추상적인 권유가 아니라 집에 돈이 많지 않다는 것을 아이들에게 상기시키는 방법이다. 우리와 아이들 모두에게 해당되는 문제 앞에서 성인처럼 행동하고 책임감을 가지라는 권유이기도 하다. 그것은 특별히 아름답거나 유쾌하지는 않지만 우리의 일상적인 필요와 연결되어 있기에 진지한 문제다. 하지만 너무 빨라서도 너무 늦어서도 안 된다. 교육의 비밀은 적절한 때를 포착하는 데 있다.

스스로에게 절제하고 타인에게 관대해지는 것은 돈과 올바른 관계를 맺고 돈 앞에서 자유로워진다는 뜻이다. 돈을 벌어 즉시 소비를 하고 돈이 맑은 샘물처럼 흘러 실질적으로 돈이 돈으로 존재하지 않는 가정에서는 아이에게 그와 같은 균형, 돈에 대한 균형과 자유를 가르치기가 크게 어렵지 않다. 돈이 돈으로 무겁게 존재하며 탁한 물이 고여 썩은 악취를 풍기는 곳에서는 문제가 복잡해진다. 아이들은 곧 집 안에서 돈의 존재와 그것의 힘을 알아차린다. 부모들은 대화를 나눌 때 분명하게 돈이라고 말하는 대신 복잡하고 알쏭달쏭한 이름으로 암시하는데, 그 럴 때 아이들의 눈동자는 무겁게 고정되어 있으며 입술 은 씁쓸하게 일그러져 있다. 돈은 단순히 책상 서랍에 들 어 있는 게 아니라 어딘지 모를 곳으로 튀어버린다. 금방 이라도 땅에 빨려 들어갈 수도 있고 영원히 사라져 가족 과 집을 삼켜버릴 수도 있다. 그런 가정에서는 아이들에 게 계속 돈을 아껴 쓰라고 끊임없이 훈계한다. 날마다 어 머니는 전차를 탈 돈 몇 푼을 주면서 돈을 잃어버리지 않 게 주의하고 함부로 쓰지 말라고 이른다. 어머니의 눈에 는 수심이 가득하고 이마에는 주름이 깊게 잡혀 있는데, 돈이 문제가 될 때마다 늘 나타나는 표정이다. 모든 돈이 허공으로 사라져버릴지도 모르며, 몇 푼 안 되는 그 돈도 불시에 닥칠 치명적인 붕괴의 첫 번째 신호일지도 모른다 는 막연한 두려움이 그 속에 담겨 있다. 그와 같은 가정의 자녀들은 낡은 옷에 해어진 신발을 신고 학교에 가는 일 이 드물지 않다. 그리고 분명 자기들보다 훨씬 더 가난한 몇몇 아이들도 꽤 오래전부터 가지고 있는 자전거나 카메 라를 갖고 싶어 길게 한숨을 쉬지만 대부분 아무 소용도 없다. 그러다가 원하던 자전거를 선물받으면 그렇게 고급 스럽고 값비싼 물건을 함부로 사용하지 말고 아무에게도 빌려주지 말라는 엄한 훈계가 함께 따라온다. 집에서는 지속적이고 집요하게 돈을 절약하라고 주의를 준다. 중고 교과서를 구입하고 공책은 스탄다르드에서 사라고 명령한다. 이런 일은 일부에서 일어나는데 부자들은 인색한 경우가 많고 자신들이 가난하다고 생각하기 때문이다. 하지만 무엇보다 부유한 가정의 어머니들이 대개 무의식적으로 돈이 가져올 결과를 두려워하며, 자녀들을 보호하기 위해 아이들에게 의도적으로 소박한 습관을 갖게 하고, 심지어 사소한 궁핍에 익숙해지게 만들려고 노력한다. 하지만 아이를 그런 모순 속에 살게 하는 건 최악의 실수다. 돈은 집 안 곳곳에서 자신만의 독특한 언어로 말을 한다. 돈은 도자기, 가구, 묵직한 은식기 속에 있으며 편안한 여행, 화려한 휴가, 호텔 도어맨의 인사, 집안일 하는 사람들의 예의 바른 태도에 있다. 부모의 대화 속에도 있는데, 아버지의 이마에 깊은 주름이 잡히고 어머니는 몹시 당황스러운 눈빛이다. 돈은 사방에 있는데, 깜짝 놀랄 만큼 깨지기 쉬워서 건드릴 수 없다. 그것은 농담이 허용되지 않는 무언가이고, 조그만 목소리로 겨우 부를 수 있는 침울한 신이다. 그래서 이 신을 경배하기 위해, 슬픔에 잠겨 꼼짝도 하지 않는 신을 괴롭히지 않기 위해 작년에 입던

몸에 꽉 끼는 외투를 입어야 하고 너덜너덜하고 여기저기 찢긴 책으로 공부해야 하고 촌스러운 자전거를 즐겁게 타야 한다.

　우리가 부자인데 우리 자녀들에게 소박한 습관을 갖게 하고 싶다면 그런 습관을 통해 절약한 돈은 모두 아낌없이 타인을 위해 사용해야 한다는 것을 분명히 해야만 한다. 그와 같은 습관은 탐욕이나 두려움에 의해서가 아니라 부유함 속에서 소박함을 자유롭게 선택했을 때에만 의미가 있다. 부유한 가정의 아이에게 낡은 옷을 입힌다고, 덜 익은 사과를 간식으로 먹게 하고 오래전부터 갖고 싶어 하던 자전거를 사주지 않는다고 해서 그 아이가 절제를 배우지는 않는다. 부유함 속의 절제는 순수한 허구이며 허구는 언제나 비교육적이다. 이런 식으로는 인색함과 돈에 대한 두려움밖에 배우지 못한다. 아이가 원하고 우리가 사줄 수 있는 자전거를 사주지 않음으로써 아이에게 정당한 것을 갖지 못하는 데에 대한 좌절감만 안겨줄 수 있고, 현실적으로 정당화할 수 없는 추상적인 원칙의 이름으로 아이의 어린 시절을 불행하게 만들 수 있다. 그리고 우리는 아이 앞에서 암묵적으로 돈이 자전거보다 더 낫다고 인정하게 되는 것이다. 이와는 반대로 아이는 자전거가 언제나 돈보다 낫다는 것을 알아야 한다.

부를 진정으로 지키기 위해서는 부와 그것의 취약성과 그것이 가져올 파괴적인 결과를 두려워해서는 안 된다. 진정으로 부를 지키기 위해서는 돈에 대해 무관심해야 한다. 이런 무관심을 아이에게 가르치려면 돈이 있을 때 아이가 쓸 돈을 주는 방법밖에 없다. 그렇게 해야 걱정 없이, 후회하지 않으며 돈과 헤어지는 법을 배우게 된다. 하지만 이런 식으로 아이가 돈을 쓰는 데 길들여졌다면 더이상 그렇게 할 수 없을 경우를 생각해볼 수 있다. 내일은 부자가 아닐 경우 어떻게 해야 할까? 하지만 우리가 돈쓰는 법을 배웠다면, 돈이 우리 손에서 얼마나 술술 빠져나가는지를 배웠다면 돈 없이 살아가기가 훨씬 쉽다. 어린 시절 돈을 경외하고 주위에 있는 돈의 존재를 알면서도 눈을 들어 그것의 얼굴을 보는 게 금지되었을 때보다 우리가 돈에 친숙할 때 돈 없이 사는 게 훨씬 수월하다.

자녀들이 학교에 다니기 시작하자마자 우리는 곧 공부를 잘하면 상금을 주겠다고 약속한다. 이것은 실수다. 그렇게 함으로써 우리는 고귀함이 없는 돈을 훌륭하고 가치있는 것, 그러니까 배움과 앎의 기쁨과 뒤섞어버린다. 우리가 자녀들에게 돈을 줄 때는 아무 이유도 없어야 한다.

무심하게 돈을 주어 무심하게 그것을 받는 법을 배우게 해야 한다. 돈을 사랑하는 게 아니라 사랑하지 않는 법을 가르치기 위해, 돈의 진정한 성격을 알게 하기 위해 돈을 주어야만 한다. 돈은 가장 진정한 욕구, 정신이 원하는 욕구를 만족시켜줄 힘이 없다는 것도 알려야 한다. 돈을 상, 도착 지점, 도달해야 할 목표로 격상시킴으로써 우리는 돈에 어떤 지위와 중요성과 고귀함을 부여하는데 돈이 아이들의 눈에 그렇게 비쳐서는 안 된다. 우리는 돈이 노력에 대한 최고의 보상이자 궁극적인 목표라는 잘못된 원칙을 암묵적으로 인정한다. 하지만 돈은 노력에 대한 대가로 인식되어야만 한다. 궁극적인 목표가 아니라 대가로, 그러니까 정당한 사례로 받아들여야만 한다. 그러므로 자녀들에게 학업에 전념한 대가로 돈을 줄 수는 없다. 아이들이 집안일과 가사를 도왔다고 돈을 주는 것은 작은 실수다. 작지만 실수는 실수다. 우리는 우리 자식들에게 일거리를 주는 사람이 아니기 때문에 실수라는 것이다. 그리고 가정의 돈은 우리의 돈일 뿐만 아니라 자녀들의 돈이기도 하다. 작은 집안일과 가사는 보상 없이 가족 간에 힘을 합쳐 서로 돕는 자발적인 일이 되어야만 한다. 그리고 일반적으로 보상과 처벌을 약속하고 시행할 때는 매우 주의해야 한다. 인생에는 보상과 처벌이 거의 없기 때문이다. 대개 희생은 어떤 보상도 받지 않으며 악행이 처벌을 받지 않는 경우도 많기 때문이다. 아니, 오히려 악행이 성공과 돈으로 과도하게 보상을 받는 경우가 허다하다. 그러므로 우리 자녀들은 선행은 보상을 받지 않고 악행이 반드시 처벌을 받지는 않는다는 사실을 어려서부터 아는 게 좋다. 그렇기는 해도 선을 사랑하고 악을 증오해야 한다. 이에 대해서는 그 어떤 논리로도 설명할 수 없다.

우리는 일반적으로 자녀들의 학업 성취도에 전혀 근거가 없는 중요성을 부여한다. 이 역시 성공이라는 작은 미덕에 대한 존중이다. 다른 아이들보다 너무 뒤처지지 않고 시험에 낙제만 하지 않으면 충분하다. 하지만 우리는 이에 만족하지 못한다. 우리는 자녀들의 성공을 원하고 우리의 자존심을 세워주길 바란다. 자녀들이 학교 성적이 좋지 않거나 그저 우리가 원하는 만큼 잘하지 못할 경우 우리는 곧 아이들과 우리 사이에 사라지지 않는 불만의 장벽을 높이 쌓는다. 꼭 모욕을 당했다고 생각하는 사람들처럼 아이들에게 통명스럽게 투덜거린다. 그러면 짜증이 난 아이들은 우리에게서 멀어진다. 또는 선생님이 자신들을 이해하지 못한다고 아이들이 선생님에 대한 불만을 터트리는 경우가 있는데, 그럴 때 우리는 아이들과 함께 부당한 처사의 희생자인 양 행동한다. 그래서 매일 아이들의 숙제를 고쳐준다. 거기서 끝나는 게 아니라 숙제를 할 때 아이들 옆에 앉아 같이 공부한다. 사실 학교는 자녀들에게는 부모 없이 혼자 처음 전투를 치르는 곳이 되어야 한다. 처음부터 학교가 전쟁터이고 부모는 아주 가끔 사소한 도움 이외에는 줄 수 없다는 사실을 분명히 해야 한다. 만일 부당한 일을 당하거나 오해를 받는다 해도 이상할 게 전혀 없다는 점을 아이들에게 이해시켜야 한다. 우리 인생에서는 계속 오해를 받고 과소평가되고 부당한 처사의 희생자가 될 것을 예상해야 하기 때문이다. 그러므로 가장 중요한 점은 우리 스스로가 불의를 저지르지 않는 것이다. 우리는 아이들을 사랑하기 때문에 그들의 성공과 실패를 공유한다. 그러나 그와 동시에 아이들이 차츰 커가면서 우리의 성공과 실패, 기쁨이나 걱정을 아이들과 똑같은 크기로 공유한다. 아이들에게 학교에서 공부를 잘하고 자신의 재능을 공부에서 최대한 발휘할 의무가 있는 것은 아니다. 우리가 공부의 길에 들어서게 했으니 그저 앞으로 가는 게 아이들의 의무일 뿐이다. 자신이 가진 재능을 학교가 아니라 좋아하는 다른 일, 가령 딱정벌레를 수집하거나 튀르키예어를 공부하는 데 발휘하고 싶다면, 그것은 자녀들이 알아서 할 일이다. 우리에게는 아이들을 비난하거나 자존심에 상처를 입어서 불만이라는 표시를 할 어떤 권리도 없다. 자신들의 재능을 지금으로서는 아무 데도 쓰고 싶지 않다는 듯이 행동하고 몇 날이고 책상에 앉아 연필만 씹고 있어도 우리는 그들을 크게 꾸짖을 권리가 없다. 누가 알겠는가. 우리가 보기에는 빈둥거리는 듯해도 사실은 내일이면 결실을 맺을 상상을 하거나 깊은 생각에 빠져 있는지도 모를 일이다. 소파에 파묻혀 시시한 소설을 읽거나 잔디밭에서 정신없이 축구를 하느라 그들의 에너지와 재능을 낭비하는 것처럼 보여도 그게 정말 에너지와 재능의 낭비인지 알 수가 없다. 이 역시 우리가 모르는 어떤 형태로 내일 결실을 맺을지도 모르니까 말이다. 정신에는 무한한 가능성이 열려 있기 때문이다. 그러나 우리 부모들은 실패의 공포에 사로잡혀서는 안 된다. 우리의 꾸중은 돌풍이나 폭풍우처럼 격렬하면서도 곧 잊혀야 한다. 그 어떤 것도 우리와 아이들 사이에 형성된 관계의 본질을 흐리거나 투명하고 평화로운 그 관계를 깨뜨리지 못한다. 우리 아이들이 실패로 인해 슬퍼한다면 우리는 그들을 위로하기 위해 그곳에 있어야 한다. 실패로 인해 좌절한다면 용기를 주기 위해 그곳에 있어야 한다. 성공으로 우쭐한다면 겸손을 가르치기 위해 그곳에 있어야 한다. 학교가 협소하고 낮은 울타리 안에 있다는 것을 보여주기 위해 그곳에 있어야 한다. 미래를 저당 잡을 수 있는 것은 아무것도 없다. 학교는 간단한 도구들을 제공하는데 아이들은 그중에서 내일 이용할 수 있는 것을 하나 선택할 수 있다.

자녀 교육에서 가장 중요한 점은 우리 아이들이 삶에 대한 사랑을 잃지 않게 하는 것이다. 그 사랑은 여러 형태로 나타날 수 있다. 그래서 무기력하고 외롭고 소심한 아이라도 삶에 대한 사랑이 없고 삶의 두려움에 압도당한 것은 아니다. 그저 적절한 시기를 기다리며 자신의 소명을 따를 준비에 몰두해 있을 뿐이다. 삶에 대한 사랑을 가장 뛰어나게 표현하는 것만큼 중요한 인간의 소명이 있을까? 그래서 우리는 그 아이 곁에서 그의 소명이 잠에서 깨어나 구체화되기를 기다려야 한다. 아이의 행동은 두더지나 도마뱀과 유사할 수 있다. 그러니까 죽은 듯이 꼼짝하지 않고 있지만 사실은 곤충의 냄새를 맡고 있으며 돌연 곤충에게 달려들 것이다. 그의 옆에서 조용히, 그리고 조금 떨어져서 아이의 정신이 도약하기를 기다려야 한다.

아무것도 요구해서는 안 된다. 아이에게 천재, 예술가, 영웅, 성자가 되기를 요구하거나 바라서도 안 된다. 하지만 우리는 모든 각오를 해야 한다. 우리는 아이가 더없이 뛰어난 인생을 살거나 아주 평범하게 살지도 모른다는 가능성을 염두에 두고 기다리며 인내해야 한다.

부유한 소년이 돈에 좌우되지 않고 돈 앞에서 자유로워지려면 어떤 소명을 찾고 돈과 전혀 관련이 없는 어떤 것에 특별하고 뜨거운 열정을 가져야 한다. 또한 한 가지 일을 다른 사람들보다 잘할 수 있으며 무엇보다 그 일을 사랑할 수 있다고 자각해야만 한다. 특히 부를 자랑스러워하지도 수치스러워하지도 않을 수 있다. 그는 자신이 어떤 옷을 입고 있는지, 주변 사람들의 차림이 어떤지 알아차리지 못할 것이다. 그런데 내일은 궁핍을 경험할 수 있다. 단 한 번의 배고픔과 갈증에 자신의 열정을 쏟기 때문이다. 그 열정은 무용하고 일시적인 것을 모두 삼켜버리고 어린 시절의 모든 습관과 태도를 버리게 하고 홀로 정신을 지배하게 될 것이다. 소명은 인간이 가진 단 하나의 진정한 구원이며 재산이다. 소명을 찾고 그것을 발전시킬 수 있게 아이들을 일깨우고 자극할 가능성이 우리에게 있을까? 많지는 않지만 아마 어느 정도는 있을 것이다. 소명을 찾고 발전시키는 데에는 공간이 필요하다. 공간과 침묵, 그러니까 공간에서의 자유로운 침묵이다. 우리와 아이들 사이의 관계에서는 생각과 감정을 활발하게 주고받아야 하지만, 깊은 침묵의 구역도 그 안에 존재해야 한다. 친밀한 관계여야 하지만 그들의 사생활을 지나치게 침범하지 말아야 한다. 침묵과 말 사이에 적절한 균형을 유지해야 한다. 우리는 자식들에게 중요한 존재가 되어야 하지만, 그렇다고 너무 중요해서는 안 된다. 아이들은 우리를 조금만 좋아해야지 너무 좋아해서는 안 된다. 그래야만 아이들이 우리와 똑같이 되고, 우리의 직업을 그대로 따라 하고, 평생을 함께할 동반자를 선택할 때 우리 이미지를 찾으려는 생각을 하지 않는다. 우리는 아이들과 친구 같은 관계를 유지해야 한다. 그러나 너무 친구 같아서는 안 된다. 아이들이 우리에게는 하지 못하는 말을 할 수 있는 진정한 친구를 사귀기가 어려워지기 때문이다. 친구를 찾고 연애를 하고 종교 생활을 하고 직업을 탐색하는 일은 침묵과 그림자에 둘러싸인 채 우리와 떨어져서 이루어져야 한다. 그러면 자녀들과의 친밀감이 거의 사라진다고 내게 말할 것이다. 그러나 자녀들과의 관계에는 종교 생활, 지적인 생활, 애정 생활, 인간에 대한 판단 등 모든 게 간결하게 포함되어야 한다. 우리는 자녀들에게 단순한 출발점이 되어주고 도약을 위한 발판이 되어야 한다. 구조가 필요할 때 구조를 위해 거기 있어야만 한다. 자녀들은 자신들이 우리에게 속한 게 아니라 우리가 자신들에게 속한다는 것을 알아야 한다. 그뿐만 아니라 언제든 이용 가능하며 모든 질문과 요청에 대해 우리가 아는 대로 대답할 준비를 한 채 옆방에서 기다리고 있다는 것도 잊지 말아야 한다.

그리고 우리 스스로의 소명이 있다면, 그것을 배신하지 않았다면, 여러 해 동안 계속 사랑해왔다면 우리는 우리 자녀들을 사랑하면서 아이들을 소유하려는 생각에 집착하지 않을 수 있다. 반면에 우리에게 소명이 없거나 그것을 포기하고 배신했다면 우리는 난파자가 나무 몸통을 붙잡듯 자녀들에게 집착한다. 냉소주의나 삶에 대한 두려움, 또는 아버지의 사랑에 대한 오해, 우리 안에 존재하는 몇 가지 작은 미덕 역시 거기에 일조한다. 우리는 자녀들에게 주었던 모든 것을 되돌려달라고 당당하게 요구한다. 무조건, 그리고 반드시 우리가 바라는 대로 되어주기를, 우리가 놓쳤던 것을 삶에서 전부 다 성취하라고 당당하게 요구한다. 우리는 결국 우리 소명만이 우리에게 줄 수 있는 모든 것을 자녀들에게 요구한다. 자녀들이 온전히 우리 작품이 되길 원한다. 마치 우리가 창조했으니 평생에 걸쳐 계속 그들의 삶을 창조할 수 있기라도 하듯 말이다. 우리는 자녀들이 온전히 우리 작품이 되길 원하는데, 마치 그들이 인간이 아니라 정신이 탄생시킨 작품처럼 대한다. 하지만 우리 자신에게 소명이 있다면, 그것을 부정하지 않고 배신하지 않았다면 자녀들이 우리 외부에서 소명의 싹과 존재의 싹이 요구하는 공간과 그늘에 에워싸여 조용히 싹트게 내버려둘 수 있다. 이것이 그들이 소명을 찾는 데 조금이라도 도움을 줄 수 있는 가장 현실적이고 유일한 기회일 것이다. 또한 우리 스스로 소명을 갖고, 그것을 알고 사랑하고 열정적으로 일할 기회가 되기도 할 것이다. 삶에 대한 사랑이 삶에 대한 사랑을 낳는다.

미덕의 틈새에서 진실 찾기

나탈리아 긴츠부르그의 《작은 미덕들》은 11편의 글을 모은 작품으로, 이 책의 표제가 된 〈작은 미덕들〉은 마지막에 실려 있다. 처음 '작은 미덕들'이라는 제목을 접했을 때 우리가 일상에서 발견하고 행하는 작은 미덕들의 가치와 중요성을 이야기하는 글일 것이라고 막연하게 생각했다. 하지만 그러한 예상은 첫 문장에서 완전히 빗나갔다. 작가가 "자녀를 교육할 때 나는 작은 미덕들이 아니라 큰 미덕들을 가르쳐야 한다고 생각한다"라고 밝히기 때문이다. 뜻밖의 문장이 놀랍기도 하고 그 이유가 궁금해서 단숨에 글을 읽었다.

긴츠부르그가 여기서 말하는 큰 미덕이란 용기와 위험을 두려워하지 않는 태도, 솔직함, 진리에 대한 사랑, 존재하는 법과 앎에 대한 열망 등이다. 작은 미덕은 이러한 큰 미덕의 대립 지점에 자리하는데, 그렇다고 작은 미덕의 가치를 소홀히 해서는 안 된다. 작은 미덕이 결국은 큰 미덕으로 흘러 들어가기 때문이다. 따라서 결국 두 미덕의 본질은 같다고도 할 수 있다. 자녀 교육을 이야기하는 〈작은 미덕들〉은 자녀를 대할 때 우리의 태도만이 아니라 우리의 삶 전반을 되돌아보게 한다. 그래서 글을 다 읽고 나면 긴츠부르그의 생각과 말에 깊이 공감할 수밖에 없다.

그렇기는 해도 어떤 면에서 보면 다소 상투적인 교훈으로 오해할 수도 있을 것이다. 그러나 긴츠부르그는 간결하지만 단호하고 재치 있는 어조와 자신만의 유려한 문체로 우리가 미처 발견하지 못한, 틈새에 숨은 진실을 보여준다. 이러한 특징이 비단 〈작은 미덕들〉에서만 드러나는 것은 아니다. 나머지 10편의 글에서도 우리 일상의 구석구석 숨어 있는, 말 그대로 '작은 미덕들'을 발견하며 긴츠부르그의 매력을 느낄 수 있다.

〈작은 미덕들〉을 포함한 11편의 글들은 1944년부터 1962년까지 18년에 걸쳐 쓰인 작품들이다. 단편소설과 에세이의 중간 정도에 자리할 수 있는 글들인데, 긴츠부르그는 이 글들에서 '기억'과 '회상'을 통해 다양하고 복잡한 세상에서 살아가는 우리를 되돌아보게 한다. 사실 긴츠부르그의 많은 작품에서 기억은 중요한 역할을 한다. 긴츠부르그는 자신의 내면에 숨어 있던 기억들을 불러내서 재구성한다. 문학적으로 형상화된 기억들은 대부분 긴츠부르그의 가족사와 관련이 있다. 그러므로 자전적인 글들이 많은데《작은 미덕들》과《가족어 사전》은 이를 대표하는 작품이다.

1962년에 출간된《작은 미덕들》과 1963년에 출간된《가족어 사전》은 어떤 면에서는 서로 연결된 작품처럼 공통의 소재를 다루는 부분이 많다. 게다가 한 작품에서 공백으로 남은 부분이 다른 작품을 통해 채워지기도 한다. 그래서 두 작품을 같이 읽으면 완벽하게 하나의 그림이 그려진다고도 할 수 있다. 그러나 두 작품에는 큰 차이가 있다.《가족어 사전》에는 작가 자신과 관련된 부분을 일부러 빠뜨리고 쓰지 않은 반면,《작은 미덕들》에서는 일인칭으로 서술해서 자신의 삶과 사유를 어느 작품에서보다 분명하게 드러낸다.

특히 제1부의 시작과 끝을 각각 장식하는〈아브루초에

서의 겨울〉과 〈그와 나〉는 긴츠부르그의 삶과 아주 깊게 연결된 작품이다. 〈아브루초에서의 겨울〉에서는 첫 남편인 레오네 긴츠부르그와 보낸 유형 생활을, 〈그와 나〉에서는 두 번째 남편인 가브리엘레 발디니와의 결혼 생활을 그리고 있기 때문이다. 첫 번째 작품이 남편의 죽음을 마주하며 지나간 시간에 대한 그리움과 운명의 가혹함을 이야기한다면, 두 번째 작품은 정반대의 성격을 지닌 부부의 생활을 객관적이면서도 유쾌하게 그려내면서 그 속에 숨어 있는 따뜻한 애정을 드러낸다. 두 작품은 긴츠부르그의 삶의 굴곡을 극명하게 보여준다고도 할 수 있다.

긴츠부르그는 1916년 팔레르모에서 다섯 남매의 막내로 태어났다. 세 살 때 가족과 함께 토리노로 이주한 긴츠부르그는 발디니와의 결혼으로 로마에 완전히 정착할 때까지 토리노에서 살았다. 〈나의 일〉에서 밝힌 대로 긴츠부르그는 열 살 때부터 이미 글을 쓰는 게 자신의 소명이라는 것을 알았고, 이후 시와 소설을 쓰는 일에 몰두했다. 그녀는 열일곱 살이 되던 해인 1933년에 《솔라리아》라는 잡지에 첫 단편 〈아이들〉을 발표한 이후로 시, 소설, 희곡, 에세이 등을 왕성하게 집필하며 이탈리아의 대표적인 작가로 자리 잡았다.

결혼 전 긴츠부르그의 성은 '레비'였는데, 1938년 러시아 출신의 유대인인 레오네 긴츠부르그와 결혼한 뒤로 '나탈리아 긴츠부르그'라는 이름으로 작품을 발표한다. 레오네가 죽고 난 뒤에도 긴츠부르그라는 성을 그대로 사용한다. 레오네만이 아니라 아버지인 주세페 레비도 유대인이었으므로 긴츠부르그는 파시즘의 유대인 박해를 직접 경험할 수밖에 없었다. 게다가 레오네는 반파시스트 운동에 적극적으로 가담해서 여러 차례 투옥되기도 한다. 〈인간관계〉에서는 그때 찾아온 불행을 객관적으로 담담하게 이야기한다. 카펫과 전등이 있는 따뜻한 집을 떠나 떠돌던 시절의 두려움과 그 시절의 끝에서 경험하는 사랑하는 이들의 죽음이 그려진다.

한편 〈나의 일〉과 〈인간관계〉에 등장하는 "나이 차이가 아주 많이 나는 오빠들" 역시 반파시즘 활동으로 투옥되거나 국외로 도피를 한다. 토리노 대학 교수였던 아버지도 벨기에로 피신한다. 결국 긴츠부르그 가족은 강제로 아브루초로 보내져 유형 생활을 하게 된다. 그러나 〈아브루초에서의 겨울〉에서 자세히 묘사되는 유형 생활의 시간들이 마냥 불행한 것만은 아니어서, 긴츠부르그는 결혼과 육아로 중단했던 글을 다시 쓸 수 있게 된다. 진정한 첫 장편소설이라고 할 수 있는 《도시로 가는 길》이 그때 탄생했다. 그러나 아브루초에서 3년을 보낸 뒤 레오네가 로마의 레지나 코엘리 감옥에서 숨을 거두면서 힘겨웠으나 행복했던 시절은 영원히 사라지고 만다. 긴츠부르그는 이런 말로 그 시절을 회상한다. "그때 나는 바라는 게 다 충족되고 다양한 경험과 함께하는 모험들이 가득한, 평탄하고 행복한 미래가 찾아오리라고 믿었다. 하지만 그때가 내 인생에서 가장 행복한 시절이었고 영원히 사라진 지금에서야, 이제야 그것을 알게 되었다." 긴츠부르그는 〈아브루초에서의 겨울〉을 아득히 먼 과거의 일처럼 이야기하지만 실제로는 레오네가 죽고 몇 달이 채 지나지 않아 쓴 글이다. 그래서인지 그 아픔은 가슴이 먹먹할 정도로 크게 다가온다.

남편이 사망한 뒤 긴츠부르그는 에이나우디 출판사의 로마 지사에서 근무한다. 에이나우디 출판사는 줄리오 에이나우디와 레오네 긴츠부르그가 토리노에 함께 설립한 출판사다. 긴츠부르그를 비롯해 〈친구의 초상〉에 등장하는 체사레 파베세와 이탈로 칼비노 같은 유명 작가들이 근무했으며, 그들의 작품뿐만 아니라 프리모 레비의 책을 출간하는 등 이탈리아 현대문학의 구심점 역할을 하던 곳이었다.

로마에서 출판사 동료와 같은 방을 쓰며 지내던 시절의 일화는 〈낡은 신발〉에 담겨 있다. 이 작품에서 긴츠부르그는 자신의 아이들이 어떤 신발을 신는 삶을 살지 궁금해하면서도 어린 시절에는 항상 "보송보송하고 따뜻한 신발을" 신기를 바란다. 그래야만 나중에 낡은 신발을 신고 걸을 수 있다고 생각하기 때문이다.

〈친구의 초상〉은 소설가이자 시인인 체사레 파베세를 추억하는 글이다. 파베세는 친구들이 모두 도시를 비운 뜨거운 여름날, 역 앞의 호텔 방에서 자살로 생을 마감한다. 긴츠부르그는 파베세가 사랑했으며 그와 많이 닮은 도시, 그러니까 우울하면서도 부지런하고 열정적으로 움직이는 토리노를 배경으로 절친한 친구의 초상화를 애정을 담아 그려낸다. 《작은 미덕들》의 편집에 관여했던 칼비노는 〈친구의 초상〉이 파베세에 관한 글 중 가장 아름다운 글이라고 극찬한다.

긴츠부르그는 1950년 영문학 교수인 가브리엘레 발디니와 재혼을 해서 로마에 정착한다. 발디니는 영국의 이탈리아 문화원장으로 근무하기도 하는데, 〈영국에 대한 찬사와 유감〉과 〈라 메종 볼페〉는 남편과 영국에서 체류

하던 시기에 쓰인 작품이다. 영국 사회와 문화에 대한 단상을 유머러스하게 표현하지만, 이탈리아 사회에 대한 비판과 향수를 찾아볼 수 있는 글이기도 하다.

제2부의 글들에서는 세상과 사회와 삶을 도덕적인 시선으로 바라보며 이 시대의 악습을 비판하는 긴츠부르그의 목소리를 강하게 느낄 수 있다. 이 때문에 비평가인 도메니코 스카르파는 이 책을 '도덕적 에세이'라고 부르기도 한다. 제2부의 첫 작품인 〈인간의 자식〉은 파시즘과 전쟁으로 인해 결코 치유되지 않는 상처를 가진 세대의 이야기다. 집이 무너져 내리는 것을 목격하고 공습 사이렌 때문에 한밤중에 자는 아이들을 깨워 익숙한 모든 것을 두고 도망쳐야 했던 세대의 상처와 고뇌는 이전 세대의 그것과는 비교가 되지 않는다. "박해를 받았던 사람은 결코 평화를 찾지 못할 것이다." 그러나 궁극적으로는 인간의 운명에 만족한다고 긴츠부르그는 말한다. 〈침묵〉에서는 자신에 대한 침묵과 타인에 대한 침묵은 "폐쇄적이고 기괴하고 **잔인한** 불행을 가져올" 뿐만 아니라 죽음으로 이어질 가능성이 있으므로 윤리적인 관점에서 침묵을 직시하고 판단하라고 권한다.

"나의 일은 글을 쓰는 것이다"로 시작되는 〈나의 일〉은 어린 시절부터 작가로 걸어온 길에 대한 회상이다. 글을 쓰기 위해 사물을 관찰하고 세상을 묘사해나갈 때의 기쁨과 의도했던 대로 글이 쓰이지 않았을 때의 좌절들이 단순하면서도 경쾌하게 표현되어 있다. 흥미로운 점은 긴츠부르그가 처음에는 남자처럼 글을 써야 한다는 강박관념을 가지고 있어서 자신의 글에서 여자라는 게 드러날까봐 두려워했다는 것이다. 몇 편의 단편소설을 쓰고 난 뒤 더 이상 글이 써지지 않고 글이 주던 기쁨도 사라져버리는 상황이 찾아온다. 그러다가 육아에 전념하면서 글쓰기는 더욱 어려워진다. 긴츠부르그는 자녀를 양육하며 글을 쓰는 어려움을 토로한다. 그러나 자녀를 키운 경험은 그녀에게 남자들이 알려고 하지 않는 신비한 세계를 완벽하게 알고 있다는 자신감을 키워준다. 이제 그녀는 남자처럼 글을 쓰지 않는다. 남부에서의 유형 생활은 그녀에게 글을 쓸 수 있는 기회가 되어주었다. 그 시간들 이후 회복될 수 없고 치유할 수 없는 고통이 이어지지만, 그 모든 시간에 '나의 일'은 그 자리에 서서 그녀 곁을 한 번도 떠난 적이 없다. 긴츠부르그에 따르면 '나의 일'은 "운명이 베풀어준 호의"다.

〈인간관계〉는 두 아들(그중 한 명은 유명한 역사학자인 카를로 긴츠부르그다)이 사춘기에 접어들 무렵인 1953년에 집필한 것으로, 긴츠부르그는 어린 시절부터 유형 생활에 이르기까지 인간관계의 여정과 어른이 되어가는 과정을 그린다. 이해할 수 없는 어른들의 세계를 향한 어린아이의 시선, 반의 일등과 친구가 되고 싶었고 그 욕망이 실현되자 오히려 친구를 멀리하며 쾌감을 느끼는 청소년기의 나르시시즘, 가난을 최고의 가치로 생각하던 젊은 시절, 사랑, 모든 인간관계를 뒤바꿔놓은 자녀의 탄생과 고통스러운 도피 생활들이 때로는 입가에 미소가 지어지게, 때로는 차분하게 이야기된다.

그러한 과정들을 통해 우리는 어른이 되어간다. 앞에 있는 사람만 바라보는 대신 뒤에 있는 사람들을 바라보기 시작할 때, 내 뒤에서 침묵하는 죽은 사람의 존재를 느낄 때, 미약하나마 자비의 눈으로 세상을 바라볼 때 비로소 어른이 된다고 긴츠부르그는 말한다. 어른이 된 우리는 인간관계에서 주인도 하인도 없다는 것을 인식하게 되며 그런 순간이 인생에서 가장 고귀한 순간이라는 것을 깨닫는다. 그것은 어떤 이데올로기에 의한 게 아니라 경험과 그 경험에 대한 오랜 성찰에서 비롯된 것이다. 긴츠부르그는 "인간관계는 매일 재발견되고 재창조되어야 한다"라고 말한다. 그런데 진정으로 어른이 되었다고 느끼는 지금은 아이러니하게도 사춘기가 된 아이들이 "돌같이 차가운 눈으로 우리를" 바라보고 우리는 우리 부모와 똑같은 행동을 한다.

앞서 말한 대로 이 책의 마지막 에세이인 〈작은 미덕들〉은 자녀 교육에 관한 것이다. 긴츠부르그는 자녀들에게 절약이라는 작은 미덕을 가르칠 게 아니라 돈을 올바르게 쓰는 큰 미덕을 가르쳐야 한다고 말한다. 성공이라는 작은 미덕 때문에 학교 성적에 연연할 게 아니라 아이들의 자율성과 상상력을 존중해야 한다고 일러준다. 그것이 내일 어떤 형태로 결실을 맺을지 알 수 없고 "정신에는 무한한 가능성이 열려 있기 때문이다". 우리는 또 자녀들이 삶에 대한 사랑을 잃지 않게 하면서 그들의 사생활을 침범하지 않고 거리를 둔 채 바라보아야 한다. 자녀와의 지나친 친밀함은 자녀의 사회생활에 걸림돌이 되기 때문이다. 자녀를 "온전히 우리 작품이 되길" 원하지 않으면서 우리가 우리의 소명대로 살아간다면, 자녀들 역시 그들의 길을 잘 찾아나갈 것이다. "삶에 대한 사랑이 삶에 대한 사랑을 낳는다"라고 긴츠부르그는 말한다.

《작은 미덕들》은 긴츠부르그의 추억이 담긴 일종의 보

물 상자와도 같다. 그 속에는 파시즘 체제, 유대인 박해, 남편의 죽음 등 역사의 소용돌이를 지나면서 겪은 일들이 담겨 있지만 역사는 전면에 등장하지 않는다. 그것들은 일상과 혼합되어 개인적인 추억이 되며 그 추억은 다시 역사와 연결된다. 또한 일상에서 마주한 '작은 경험'들에 대한 치열한 성찰과 인간 심리에 대한 예리한 관찰이 담겨 있다. 그것들을 표현하는 언어는 단순하지만 명료하며, 같은 문장이나 단어가 반복되어 리듬감도 있다. 또한 그녀의 글에는 유머가 곳곳에 담겨 있어서 자칫 이야기가 무거워지는 것을 막아준다.

고통과 상처를 아름답고 고귀한 문장으로 승화시킨 《작은 미덕들》을 번역하며 삶에 대한 긴츠부르그의 사랑이 마음에 깊게 와닿았다. 출간된 지 60여 년이 지났지만 《작은 미덕들》의 글이 친숙하고 생생하게 다가오며, 긴츠부르그의 조언과 충고가 여전히 유효한 것은 바로 그러한 사랑 때문이 아닐까.

이현경

홉세 에세이 004

작은 미덕들

1판 1쇄 발행일 2023년 10월 16일

지은이 나탈리아 긴츠부르그
옮긴이 이현경

발행인 김학원
발행처 (주)휴머니스트출판그룹
출판등록 제313-2007-000007호(2007년 1월 5일)
주소 (03991) 서울시 마포구 동교로23길 76(연남동)
전화 02-335-4422 **팩스** 02-334-3427
저자·독자 서비스 humanist@humanistbooks.com
홈페이지 www.humanistbooks.com
유튜브 youtube.com/user/humanistma **포스트** post.naver.com/hmcv
페이스북 facebook.com/hmcv2001 **인스타그램** @boooook.h

편집주간 황서현 **편집** 김대일 이성근 이은서 **디자인** 유주현
용지 화인페이퍼 **인쇄** 청아디앤피 **제본** 민성사

ISBN 979-11-7087-057-9 04880
       979-11-6080-486-7 (세트)